PASCALS ÄVENTYR

EN FANTASIFULL BERÄTTELSE

OM

EROTIK, KONST OCH DRÖMMAR.

AV

ROBERT VASZI

Boktitel: Målaren Pascals erotiska
och fantasifulla äventyr.
Författare: Robert Vaszi
Omslag. Robert Vaszi

ISBN: 978-91-769-9026-1

Kapitel 1

Våren hade kommit till staden. Fåglarna kvittrade och Pascal var törstig. Han hade gått och varit törstig hela dagen och nu satt han på krogen och gjorde allt för att släcka den. Törsten.

- Linda! Fyll på mer att dricka. Jag törstar ihjäl min flicka.

- Ja, visst ska du få en öl till, käre Pascal. Men jag tycker att du ska ta det lite lugnt. Sist så satt du och sjöng Bellman visor högt och sluddrigt för våra matgäster.

- Va, gjorde jag? Pascal försökte klara minnet men gav upp.

Linda trippade iväg för att hämta en stor stark. Hon hade alltid varit svag för Pascal; iallafall så länge som hon kunde minnas och så länge hon hade jobbat på krogen och haft honom som stamgäst. Hon kom att tänka på den första dagen för fem år sedan. Han satt som sista gäst och de var på väg att stänga. Han var inte full men inte nykter heller. Han hade pratat om sitt måleri och sitt skrivande. Ja han hade till och med suttit och skrivit en dikt till henne på en servett. Hon hade kört honom hem efter att de hade stängt och sen hade de älskat på golvet i hans atelje. Efteråt hade hon kört hem till sin man och dotter som låg och sov ovetandes. De var skilda nu. Hon små log. Javisst ja, mer öl var det ja.

- Ursäkta men är det ledigt här, frågade mannen med de lustiga kläderna som nyss hade kommit in och betraktade Pascal med nyfikna ögon. Skulle han på maskerad?

- Va? Javisst, svarade Pascal tveksamt. Varför vill han sitta här? Det finns ju massvis med lediga bord .

- Jag tror jag ska beställa en öl jag också, sade mannen och tittade på Pascals halvt uppdruckna öl.

- Fröken! Kan jag få beställa?

Linda kom fram till bordet och tittade på mannen.

- Ja, vad får det vara?

- *Jag vill ha dubbelt öl, enkelt öl jag aldrig smakar. Brännvins ångst mitt hjärta skakar, och jag står vid grafens brädd som en Bacchi hjelte klädd, men förargad och försmädd, för min egen skugga rädd. Kära syster! Mig nu lyster att få taga mig en sup.*

- Du ska ha en stor stark alltså, sade Linda och gick utan att vänta på svar.

- Du ,det där var ju rader ur Bellmans epistel nr 24. Eller hur?

- Javisst, svarade mannen med de lustiga kläderna. Javisst, jag sjunger bara mina egna grejer.

Pascal höjde på ögonbrynen och tittade osäkert på den konstigt klädde mannen. Hade han rymt från något dårhus och trodde att han var Bellman eller?

- Jasså du är Bellman du, fnittrade Pascal. Han kände att ölen började göra verkan. Han smålog åt tanken att bli full i "Bellmans" sällskap.

När mannen med de konstiga maskeradkläderna fick sin öl, svepte han den och rapade högt.

- Gott! Ska vi ha en till? Jag bjuder, sade han och viftade med två fingrar åt Linda.

- Så, min dryckes broder, vad heter du då?

- Pascal, Pascal de Merode, svarade Pascal och sträckte på sig lite grann.

- Och vad gör en Pascal de Merode då i 1990-talets Sverige.

- Han målar och skriver, det gör han. Pascal tittade efter Linda. Kommer hon inte någon gång?

- Tjänar man något på det då? frågade Bellman och plockade fram lite mynt för att betala Linda med.

- Hallå där! Dessa gamla mynt tar jag inte emot, sade Linda och slängde tillbaka de två mynten på bordet. Pascal tog upp dem och tittade förbluffande på dem. De kröntes av Gustav III och årtalet var 1763.

- Jag tar dessa och så betalar jag med nya färska sedlar. Det är väl okej, sade Pascal och stoppade mynten i fickan och plockade upp en hundralapp. En hundralapp som han hade fått låna av sin vän och bokförläggare Niklas "Krösus" Vramberg.

Bellman suckade och muttrade något om inflation och nickade: "javisst det går alldeles utmärk".

- Du skulle visst fråga om något? Pascal tittade nyfiket på Bellman som höll på och stoppa sin pipa med tobak som han tog från en läderpung.

- Jo går det att "leva på det?".

- Går att leva på vadå? Pascal hängde inte alls med.

- Det här med att måla och skriva?

- Jo, jag tjänar tillräckligt för att ha råd att jobba lite extra på Postverket när de behöver folk, svarade Pascal och skrattade.

- Så du jobbar extra på Kgl Postverket. Det är väl bra? Själv så har jag också jobbat för kungen. Bellman höjde sitt glas. Skål för kungen! ropade han högt och tog en stor klunk öl.

- Skål och nej, jag jobbar inte för kungen. Posverket är inte kungligt längre, knappt folkligt heller. Staten har sålt ut sin inkomstkälla till profitörer. Posten AB heter det nu, fint ska det vara.

- AB , vad står det för? Allmäna Brev eller? skrattade Bellman och tömde pipans innehåll i askfatet.

- Aktier. AB står för att det är ett aktiebolag. Det är som ett lotteri, och det är ju något som du känner till. Eller hur?

- Jovisst, sade Bellman och höjde på ögonbrynen.

- Jo så här är det i korta drag: Har man pengar så köper man aktier istället för lotter, och blir det ingen utdelning så avskedar man folk på den arbetsplatsen som aktierna gäller. Förstår du?

- ... Nää?

- Inte jag heller, men det har med marknaden att göra och för att förbättra konkurrensen.

- Konkurrens! Det finns väl ingen konkurrens inom postväsendet? Det var det aldrig på min tid, sade Bellman som började bli lätt irriterad.

- Jo vår högsta chef vill ha konkurrens, säger att det är bra för marknaden.

Pascal tittade ner i det tomma glaset och önskade att det var fullt.

- Ingen vill väl ha konkurrens, sade Bellman. Tänk om du möter en fyllig bystig kvinna, inte vill man ha konkurrens om henne. Jag kommer ihåg när jag träffade Ulla Winblad första gången.

Bellman lutade sig tillbaka på stolen och sjöng: *Ulla min Ullla! Säg får jag dig bjuda rödaste smulton i mjölk och vin? Eller ur sumpen en sprittande Ruda, eller från källan en vattenterrin?*

- Vatten? Det var Linda och hon tittade förbryllat på de två. Skakade på huvudet och gick. Bellman stirrade efter Linda och började sedan att skratta.

- Ha, ha, ha! Är de inte underbara dessa liv.

Pascal sneglade på den skrattande mannen.

- Jo visst. Bara de håller käft och låter en jobba ifred, grymtade Pascal.

- Men, men du jobbar väl inte mein herrn? Du sitter ju å super med mig.

- Jag jobbar alltid när jag super. Sätter igång de kreativa celler som har slumrat in under vardagens tristess.

- Åh faan! Du med. Bellman log med hela kroppen och svarade högljudt tillbaka med höjt glas:

- ARBETAR BRODER, LÅT OSS ARBETA!

- Ja för fan , låt oss jobba igång våra hjärnceller så att de dansa can-can i pannloben. Pascal höjde sitt glas, men det var tomt.

- LINDAAA!!!

Kapitel 2

Bokförläggare Niklas Vramberg även kallad Krösus lade på telefonluren och suckade djupt. Det var Linda från krogen som hade ringt och berättat att Pascal och en annan fyllekaja i lustiga kläder satt och skrämde bort hennes gäster med sång och oväsen. Bokförläggare Krösus Vramberg suckade tungt och reste sin etthundranittio, långa, seniga kropp ur skinnfåtöljen. Tittade sig i hallspegeln. Det kortklippta håret som låg som en atoll på hans hjässa höll på att glesna allt mer. Suck.

Armani kavajen hängde på sin krok. "Skit i den, det är sommar." Krösus Vramberg plockade åt sig bilnycklarna och gick ut.

Bentleyn stod nypolerad och vaxad och glänste av silver som en sjöjungfrus stjärt. Krösus körde Drottninggatan fram. Blickar från avundsjuka yuppisar slukade bilen med vattniga och tindrande ögon (som små, skitiga snorungar som springer efter glassbilen). Bentley ägare Vramberg parkerade på Södergatan. En finnig tonåring står villig att tjäna tjugo kronor för att "hålla ett öga på bilen och dess navkapslar".

- Kommer det en lapplisa, så säg att jag bara är och hämtar fylle, säger Vramberg till den finnige.

- Öh, jaha? Den finnige ser villrådig ut men lyser upp när han får tio kronor i förskott. (Kapitalist! Eller kommer grabben att bli en rövslickande socialdemokrat som bugar med mössan i hand och håller hårt i sin portfölj? Kanske blir han anarkist, rebell, eller miljöaktivis och störtar storfinansen rätt ut i Öresunds skitiga vatten. Eller så kommer han att sno bilens navkapslar och rista in "Bevara naturen, konservera en bäver" i lacken.) Vramberg mumlar något om "djävla skitunge" och går vidare mot puben.

Krösus såg sig omkring. Stamkrogen surrade av röster och fläktar. Temperaturen var hög, glas höjdes till törstiga läppar. Rödvins berusade kvinnor fnittrade och lapade sommarsol. Brunstiga sköten, miniskjolar och svällande bröst. En man satt och hade svårt att dölja den kraftiga bula som växt upp och som skulle komma att spränga hans gylf om inget gjordes åt saken. Med rodnande ansikte log han mot sin bordsdam och lade en servett över den svällande sparrisen.

Krösus vandrade vidare in i den sötsura könsdrypande atmosfären.

- Hej Linda! Var har du fyllesvinet någonstans? Jag kan inte se honom.

- Hej! Det var på tiden. Han gick ner till toaletterna för en halvtimme sen. Och sen dess har jag inte sett honom. Linda pekade med ett fuktigt finger i riktning åt källartrappan.

Maratonlöpare Vramberg tog trappan i lätta steg och mumlade något om att "vissa borde lära sig hyfs och fason och att ta sig i kragen". Givetvis tänkte han på Pascal. Pascal själv tänkte inte så mycket i sitt tillstånd. Han hörde ej heller när Krösus bankade på toadörren. En nätt liten kvinna i sina bästa år och de tjugo öppnade dörren och stirrade stint på Maratonmannen.

- Vem är du? Vad vill du? pep tjugoåringen och rättade till blusen. Vramberg tittade henne djupt i ögonen, tog henne om midjan och lyfte bort henne från toalett ingången. Pascal satt på toalocket med byxorna nerhasade till knäna. Vramberg skrattade och log.

- Inte fan får du upp den där i ditt tillstånd! Hahaha! Så kom nu för helvete så kör jag dig hem. Vramberg ryckte upp Pascal och klädde på honom.

Tjejen som var i sällskap med Pascal hade inte fått fram ett ljud på hela tiden. Hon bara stod där och glodde, försökte hålla balansen och värdigheten, men misslyckades. På väg ut till bilen snubblade tje-

jen med sina högklackade och föll framåt-
stupa så att hennes bröst tittade fram ur
den urringade blusen. "Skit i henne nu och
få in fyllot i bilen." Pascal låg nu inslängd i
baksätet. Vramberg såg att navkapslarna
var kvar och betalade den finnige och satte
sig vid ratten. Bimbon stod utanför och
bankade de tonade rutorna skitiga med
sina pommes flottiga fingrar, skrek könsord
och spydde ner vindrutan.

- Fy faan Pascal! Var i helvete hittade du
henne?

Krösus tittade i backspegeln, men allt
han såg var en man i en värld full av såg-
spån och stockar.

Kapitel 3

MÅNDAG

Packat, handlat färg, penslar, dukar och kondomer. Iväg till Skagen på en liten semester vecka. Krösus tittade upp i morse, hällde i mig en balja kaffe. Tyckte att jag skulle nyktra till och packa min resväska. "Det får vara slut på slapphet, dålig mat och osunt leverne. Och så måste vi få igång ditt måleri och skrivande." Ord och inga visor från ordmånglaren Krösus Vramberg. Jag lyssnade och instämde. Så här står man med väska, kläder och linnedukar. Har köpt mig en dagbok som jag tänker försöka fylla med de mest triviala saker. Har till och med packat ner min kamera och två filmrullar a 36 bilder. Rikeman Vramberg har fixat tåg- och båtbiljetter. Han mumlade något om att jag fick betala tillbaka med att skriva något djävligt bra som han kunde tjäna pengar på. Än så länge har han inte tjänat ett nickel på det jag har skrivit, men jag vet att han gillar det.

Som tröst för förlorad inkomst målade jag en gång av honom. Han grät då han fick se den. Vet ej om det var av lycka eller om det var för den spygröna nyans jag hade täckt hans porträtt med. Nåväl, imorgon bitti gäller det. Då bär det iväg: Västerut.

"Tidigt Pascal,tidigt. Gå och lägg dig tidigt och ställ klockan. För att vara på den säkra sidan så ringer jag och hör om du är vaken."

Soluppgångens fader Vrambergs hårda ord.

RESAN TILL SKAGEN

Kl: 07.45 Knutpunkten, Helsingborg.

-Tåget är försenat.

- Jag vet Pascal.

- Jädrans släp på grejer Krösus.

- Jag vet Pascal.

Fjorton och en halv minut försenad kom tåget pustande och stönande in på spår ett. Vi letade upp våra platser.

Vi hade beställt taxi från min atelje för att regnet öste ner. Krösus hade sovit över för att vara säker att jag skulle komma upp i tid. Chauffören som blev plaskblöt av att stuva in våra grejer i bilen var en trevlig typ. Pratade och skrattade och var allmänt trevlig. Han hade presenterat sig som Mulat (och var troligtvis av utlänsk härkomst).

Tåget tuffade på mot Göteborg. Himlen var blaskigt gråblå, och det var skönt att sitta inne i en kupe´ och lyssna till vagnarnas kadunk, kadunk, kadunk. Det finns inget bättre sömnpiller. SJ skulle kunna sälja receptet till ASTRA eller till något sömnforskar projekt. Jag plockade upp block och penna och började skissa. En tjej i artonårsåldern med gyllene lockar tittade med häpna ögon på den skiss som jag höll på med. Hon såg att det föreställde henne med uppnosiga bröst som höll på att spränga hennes vita t-shirt. Falu-röd-färg steg och blev allt mer intensiv i ansiktet hennes, ju mer hon tittade på den erotiska teckningen. Ånga sipprade ut ur hennes öron, och när jag sen ritade dit en kuk i full erektion så reste hon på sig och gick på toaletten. - Voila! Färdig!

När hon kom tillbaka så smålog hon och satte sig. Hon började rota i sin ryggsäck och fick till sist upp penna och anteckningsblock. Såg på mig och började sedan skriva med glödande blick. Slickade sig om läpparna och lämnade sedan över lappen till mig.

Jag vek upp papperet och läste vad det stod: "Hej, jag såg din erotiska teckning av mig. Den var...intressant. Är du konstnär? Om du vill så kan vi...jag menar...jag kan se din kraftiga bula."

VAFAAN! SITTER FANSKAPET OCH GLOR MIG MELLAN BENA! Får man nu inte längre ha sin förbannade erektion för sig själv. Inte fan kan jag hjälpa att tösabiten blir blöt i skrevet bara för att jag har min bula. Folk måste sluta upp med att ha snuskiga fantasier. Tänk om alla på tåget skulle gå omkring och titta och nosa varandra i skrevet. Jag rev lappen, tog min bula och gick, mot dass. Hon missförstod situationen och följde efter. DET VAR UPPTAGET! Måste vidare. Vagn efter vagn genomsöktes. En mor med tre ungar hann före mig in på den sista lediga toaletten. Tillsist knackade jag på hos konduktören. En pirökande gråhårig gentleman öppnade och bad mig stiga in. Vi började prata stationer, de som finns och de som fanns när han var ung. Han var i drömmarna tillbaka till 60-talet, pratade om de gamla järnvägsknutarna: Avesta, Krylbo, Hallsberg och Hässleholm.

- Suck, det var tider det. Kvinnorna blev alldeles till sig på den tiden när man kom i nypressad uniform, sade han och puffade lugnt vidare på sin pipa. Vi delade på en pommac och skålade för glada minnen från fornstora dar. Jag lämnade hytten och konduktören i sitt sextiotal och gick tillbaka till min plats. Tjejen var borta och John Blund Vramberg sov och snarkade. Hon steg säkert av i Varberg. Fuck you! Fuck Varberg!

En mugg svart kaffe och en skinkmacka fick stilla tomrummet i magen. Konduktören var uppe på benen igen. I dessa tider med indragningar, så jobbade även konduktörerna som serverings- och städpersonal. Han log mot mig när han serverarde kaffet. Han tog en kopp själv. Vi skålade för ungdomen, hälsan och kärleken. Kaffedropparna i hans gråa mustasch glittrade i det allt gråare vädret.

Tåget var kraftigt försenat pga vissa omständigheter i Varberg.

Konduktören berättade att en halvnaken tjej hade sprungit runt i vagnarna och skrikit något om en konstnär som var bög. De hade hittat hennes kläder och slängt av henne i Varberg.

Tåget susade vidare, förbi åkrar och ängar. Svenska kor råmade i den pissblöta natur som Gud en gång hade skapat i glädje eller i pissestånd. Vad vet jag, själv satt jag och läste en bok om Skagen och dess konstnärer.

Äntligen framme i ett regnigt och grådisigt Göteborg. Försenade, men skit samma. Båten gick inte än på en timme.

Medan Jag fixade med packning och toalettbesök så var Taxi Driver Robert de Niro Vramberg ute och letade cab. Han hittade en svart taxi; en svart Mercedes-Benz, 6-cylindrig med spoiler och taklucka. Ägaren till detta vidunder stod och putsade navkapslar när vi dök upp. Han presenterade sig som Mulat den andre. "Hundra kronor kostar det!", sade Mulat den andre och log med hela ansiktet. Chrome-Niklas Vramberg betalade. Mulat fick pengarna, nickade och lade in vårt bagage försiktigt i bagageluckan. Inget terpentin skulle flöda i hans bil inte. Letade stationer på bilradion men fick bara in fotbollskommentatorer som spred dynga i etern. Mulat stängde av. Han sade inte ett ord . Det var alldeles tyst i bilen. Allt var grått: Vägen vi åkte på, byggnader, människor som vi passerade. Till och med vattnet vid Stena-Line.

Vi är framme. Mulat får femtio spänn extra för tystnaden. Båten "Stella Carisma" som ska ta oss över till Fredrikshamn syntes inte till. Väntetider betyder pissoar besök. Och det blev det .

Äntligen! Efter att ha väntat, vad som kändes som evigheter, steg vi så på båten. Det var en katamaran; en båt med två parallella skrov. Kaptenen lovade en skumpig överfart. Man tackar och bugar. Det var mycket folk som knuffades och trängdes längs gången till El Restorante. Jag snappade åt mig ett bord för två, medan Krösus gick och ställde sig i matkön. Klippan Vramberg stod orörlig, vägrade släppa fram en dam i övre medelåldern. Hon sade att hon var kaptenens moder och skulle då ha rätt att stå först i kön.

- Min mor är kapten i frälsningsarmén och inte står då jag först i den kön inte, sade frälsaren Vramberg och skelade med ögonen medan han gjorde korstecktet. Illröd i ansiktet gick kärringen och ställde sig sist i kön.

Efter maten började båten kränga hit och dit som en trånande kvinna som inte visste åt vilket håll hon skulle ha röven. Båten fick nästan slagsida. Mat, resväskor och småungar for omkring i båten. Själv så för-

25

sökte jag hålla ihop mina grejer, men det var omöjligt. Penslar, färger och palettknivar for omkring. Under bord, över bord, babord och styrbord. En solbränd kvinna i kortkort trampade sönder mina färgtuber på löpandeband med sina stilettklackar. Det sprutade färg över henne. Och för tillfället såg hon ut som Beckers färgkarta i ansiktet. Hon började gråta. Gentleman som man är så erbjöd jag henne mina tjänster. Letade fram terpentin och rena trasor. Gned hennes välsvarvade krapplacks färgade vader. Blev lite tuffare när jag kom till hennes ockrafärgade lår. Hon var nu helt tyst och stel som en pinne. När jag kom till det svarta så kom också hennes man. Efter att nästan ha fått ett blått öga av den vedervärdige mannen från Säffle, så återgick jag med att samla in min dyrbara utrustning. Färger och penslar alltså. Jag kröp runt bland bord och stolar, stötte ihop med allt och alla och till sist ett par kvinnoben under ett bord. Hon särade lite lätt på benen; skjolen gled upp en aning och jag kunde konstatera; att ha underkläder bara är att släpa på extra bagage.

- Res på dig nu för helvete Pascal! Diciplin Pascal, diciplin. Du är här för att få arbetsro och nytändning. Att ladda batterierna och få inspiration, sade en röst i mitt huvud. Men vad är då inte bättre än kvinnor mitt kära samvete? Kvinnor har alltid inspirerat stora konstnärer. Och jag är stor och jag är laddad.

Efter att ha blivit en halv timme försenade klev vi av i Fredrikshamn. På väg mot järnvägsstation mötte vi en massa folk som skulle med båten till Göteborg. De släpade på öl, öl och åter öl. Säkert törstiga smålänningar ... eller skåningar. Norrlänningar kunde det inte vara, för de bryggde själva. Törstiga äro vi alla. Kanske inte alla, men ...

Vädret var inte mycket bättre här; grått, grått, grått och åter grått. Jag hade god lust att ta fram mina färger och måla himlen azurblå. Och en kadmiumgul sol som som skulle kunna bränna skiten av en. Men det började i stället smådugga och packningen kändes tyngre och tyngre för var meter vi gick. Maratonmannen Vramberg visslade och flög fram med lätta steg över den våta asfalten.

Väl framme vid stationen slog jag mig ner på en bänk och pustade ut. Vramberg tittade på mig och suckade djupt. "Jag går in och köper biljetter, så kan du sitta här och hämta krafter." Icke rökaren Vramberg smålog när han trippade iväg på små lätta moln. En kall öl hade suttit fint nu, men vi hade lovat varandra att inte röra alkoholhaltiga drycker förrän vi var framme vid vår destination. Jag köpte en KURVAND och höll käft. Vramberg hade nu kommit tillbaka; han satt och läste en bok om liftare och galaxer, typ. Jag suckade, tåget skulle inte gå än på fyrtio minuter. Började känna mig rastlös och retlig så jag plockade fram mitt skissblock. Jag måste berätta att när jag skissar eller tecknar så blir det ofta att jag använder mig av levande varelser som objekt. Som t.e.x. kvinnor, kvinnor och kvinnor, och då oftast i en erotisk tappning. Så jag bestämde mig för att skissa av en tjej som satt med sina kompisar på en bänk på motsatta sidan. Sjutton år kunde hon väl vara; orolig, rastlös och sprittande full av energi som tonåringar är. Hon satt givetvis inte still så när hon såg att jag betraktade henne så tog hon sina kompisar och gick. Själv satt jag och fullbordade mitt skissande. Det blev en pudel.

Tåget kom in på spår ett. Rättelse; rälsbussen kom in på spår ett. Resenären Vramberg och jag klev på och hittade en gul-blå brits som vi slog oss ner på. Känn dig hemma fast du är helt borta. Vagnen var halvfull. Snett framför oss satt en bastant medelålders grovarbetare. Dammet rök omkring honom var gång han rörde på sig. Ur en läderväska tog han fram en tidning och en pilsner, rapade högt och mumlade sedan något obegripligt, säkert danska. Rälsbussen pustade vidare och medan Zoologen Vramberg studerade det danska djurlivet genom fönstret så studerade jag pilsnermannens framfart i läderväskan. Han var säkert inne på sin sjätte öl nu. Helt oberörd tycktes han vara; läste tidningen, visserligen rapade och fjärtade han mer nu; men annars på västfronten inget nytt.

FREDRIKSHAMN-APHOLMEN-STRANDBY-RIMMEN-JERUP-NAPSTJÄRT-ÅLBÄCK-BUNKEN-HULSIG-HÖJEN-FREDRIKSHAMNSVÄG-SKAGEN.

Jag satt och studerade skylten med stationsnamnen. Konduktören ropade ut att nästa hållplats var JERUP, där stiger också pilsnermannen av med otroligt stadiga ben. Däremot stiger ingen på här och vi rullar vidare. Jag satt och väntade på nästa utrop som skulle bli Napstjärt men det kom inte. Istället ropades det ut: - NÄSTA ÅLBÄCK!

- VA FAAN! VADÅ ÅLBÄCK! svor jag högt. Visste de om att det fanns svenskar

30

ombord som bara väntade på att få höra Napstjärt på danska? Skit också, lurad. Jag tittade på Vramberg som också hade spetsat sina öron.

-Du ville också höra det, visst ville du! sade jag med lite ironi på mina läppar.

- Visst, visst ville jag det, där blev vi snuvade, svarade Vramberg och återgick till den danska naturen med dess köer. Själv tog jag upp min dagbok och fyllde i dagens händelser. Det skulle bli mycket mer.

SKAGEN

Vi kom fram till ett blåsigt och regnigt Skagen. Med packningen på ryggen lunkade vi fram till Turist informationen. En ung tjej utan namnbricka (vi kan kalla henne Dorte vang Olsen) mötte upp vid informationsdisken. Efter att ha klätt av henne med blicken frågade jag om vägen till Möllevang 12. Krösus klottrade ner beskrivningen, tackade för hjälpen och började vissla på ¨singing in the rain¨. Mölle-vang 12 låg bara ett stenkast bort; eller 51,2 meter bortom järnvägsstationen och i riktning mot vattentornet. Vi var nu alltså på väg mot förattaren Salvadore Leone´s hus.

Själv hade jag varken läst eller träffat denna stjuttioettåring, men Vramberg be-rättade att han hade träffat denne anark-istiske författare i Spanien på 70-talet. Vramberg berättade också stolt att han hade fått äran att publicera Salvadore Le-one´s tre senaste böcker: ¨Kapitalisten¨, ¨Nolltaxeraren¨ och ¨Den förlorade he-dern¨. Alla tre böckerna hade givetvis blivit försäljningssuccér. (Krösus Vramberg kom att tänka på att dett var i dessa tider han hade köpt sin Bentley. Men om detta nämnde han inget om för Pascal, han skulle ändå inte förstå.)

Salvadore Leone mötte oss i dörröpp-ningen. Han var en stor och bred man med korta ben och stor rund mage. Håret var kort och silvergrått. Ett jätteskägg som också var silvergrått, yvigt och långt, ramade in ansiktet. Och i allt detta en liten glad varm mun som hälsade oss välkomna. Vi klev in och Sal visade oss in i köket. Köket var dukat till fest: Smörrebröd, skinka, remoulade, danske pölser, Carlsberg pilsner, vin, ost, och vad vi hade längtat allra mest efter: SILL Å POTÄTER! Leone hade då tänkt på allt för att vi skulle få ett så varm välkomnande som möjligt.

- Ni kanske vill se ert rum och kanske ta en dusch före maten? Sal tittade frågande på oss och tvinnade sitt silvergråa skägg mellan fingrarna.

- Jo tack, hemskt gärna, svarade Krösus och jag nickade instämmande.

- Det ska bli skönt med en dusch och en kall pilsner. Krösus dricker alltid en halv öl i duschen, den andra halvan anväder han som schampo. Bra mot mjäll säger han, alkohol missbruk säger jag.

Gästrummet bestod av en dubbelsäng och en bäddsoffa. jag beslutade mig för bäddsoffan och Krösus tackade för dubbelsängen. Rummet var stort och rymligt och upptog nästan hela övervåningen som var en omgjord vind; snedtak och allt, jo man tackar.

Vid det lilla gavelfönstret stod ett litet skrivbord och på den en sliten, antik skrivmaskin. Jag satte mig vid skrivmaskinen endast insvept i en badhanduk, så även mitt långa hår, insvept och uppsatt så som kvinnor har det. Så här satt nu kvinnomannen Pascal med ett A-4 papper i maskinen och lät pekfingervalsen glida över papperets nybonade golv. Upp ur golvspringorna kom inspiration från både Shelly, Yeats och Jacques Werup. Krösus kommer att få sina dikter; skrivna dikter, målande dikter, eggande dikter, savande dikter, dikter, dikter ...

Skrivmaskinen smattrade på som en kulspruta; bokstäver bildade ord som blev meningar; och som i sin tur blev spyor av mitt undermedvetna. Jag visste inte vad det var som drev mig ,men det kändes fantastiskt. Jag var i extas; fick latenta orgasmer var tredje sekund. Jag skyfflade på. Mer kol tack! Lät elden brinna stark och intensiv. Mitt lokomo-dikto-tåg skenade iväg med Rimfaxe över poesins himmel och daggstänkta berg. Fastän Krösus hade ropat efter mig i över en timme att vi skulle äta, så behövde jag ingen annan näring än fleromättad trycksvärta. Men jag började känna av törsten. Sandormar klämde och drog åt om min hals medan Tuareger anföll mina lungor. Jag bestämde mig för att gå ner och hålla de andra sällskap.

I köket satt Krösus och Sal och pimplade i sig pilsner och rödvin. Sal hade plockat fram en sliten gitarr av märket Levin som var sned i halsen och hade en spricka i locket, men det gjorde ingen skillnad för Sal, han spelade på som om han inte hade gjort något annat i sitt liv. Han spelade Dan Andersson som en gud och han spelade Bellman som en äkta Vreeswijk. Jag tog mig ett glas gammeldansk och började yla med. Vi ylade hela natten, vi drack hela natten, vi dansade hela natten och grannen bankade på dörren hela natten.

Nästa morgon kom Sal upp och väckte oss klockan halv nio.

- Upp med er! Solen skiner och fåglarna pippar i träden och här ligger ni och slösar bort dyrbar tid. Morgonmaten står framdukad och Jägermeister för de som behöver, sade han och skrattade gemytligt som dansken gör. Jag spydde. Säger man Jägermeister tidigt på morgonen så är det bara så; jag spyr, och det gjorde jag. Troddde att Sal skulle bli rosen förbannad men han bara skrattade på och nu ännu ljudligare.

- Kom igen nu grabbar, hoppa in i duschen, det finns tillräckligt med kallt vatten för er att kvickna till. Jag går ner och värmer på det stekta fläsket. Sal gick med morgonpigga steg nerför trappan och nynnade på ¨Good morning sunshine¨. Vid frukostbordet berättade Sal att han hade fixat cyklar åt oss, sade att vi skulle få det lättare "to go explore". Vi tackade för det men sade att vi tänkte vänta med cyklandet till imorgon .

- Javisst, jag har fått låna cyklarna hela veckan ut så det är ingen brådska. Skagen cyklar man runt på en kvart så det är lugnt, sade Sal med hela truten full av fläsksvålar. Ni kan besöka Skagen museét idag; det öppnar klockan tio - det ligger alldeles i närheten - på Bröndumsvej 4. Sal skölde ner fläsksvålarna med gammeldansk och rapade förnöjt.

Med kameran hängande runt halsen och en plastpåse (med texten Super Brugsen på) fylld med akvarellblock, penslar och färger gick jag och Vramberg mot Skagen museét. Vramberg bar inte på någontig förutom en fet plånbok. Solen gassade och det var redan tjugo grader i skuggan, inte för att vi hade tänkt sitta där, men för er läsare så vill jag bara berätta att det gråa trista vädret nu var som bortblåst. Solfångare Vramberg var iklädd t-shirt med reklamtryck för sitt bokförlag. En av många texter och en löd så här: "Skriv vad du tycker, Vramberg trycker." Han var även iklädd blåa shorts och loafers, rödbågade solglasögon och en blå keps på huvudet. Själv så var jag inte alls klädd. Hade glömt packa både shorts och badbyxor. Vad folk fick se, var en man klädd i svarta jeanbyxor, vit skjorta och svarta joggingskor. Solglasögon med märket Marlbro tryckt på bågarna och på huvudet en stråhatt.

Vi dansade iväg på St: Laurenth vej som små lätta Degas ballerinor på väg till Bolsjoij-teatern. De som såg oss tyckte säkert något annnat. (Onyktra turistande elefanter på väg till första bästa vinbar.)

Vramberg var på strålande humör, visslade och försökte sig på små arior ur Puccinis "Turandot". Det lät! Det gjorde det, och jag lovar att inte försöka mig på en recension av nämnda stycke. Skagen museét tog varmt emot oss med sina spygröna väggar. Det var som att gå in i andarnas hus; man riktigt kunde känna Kröyer och Anchers närvaro.

P.S. Kröyers: "Sommarkväll på Skagen sönderstrand med Anna Ancher och Marie Kröyer" var bedårande att se i verkligheten. Så även "HIPP HIPP HURRA!".

Vi gick runt och tittade på tavlor om sjömän som fiskade och drog upp båtar. Sjömän på stormiga hav. Så levande att man riktigt kunde känna dofterna från tång och rutten fisk; och saltvatten som stänkte omkring medan måsarna skrattade åt en. Och kvinnor vid eldstäd, vid midsommarbål. Jag blev helt tagen av atmosfären; yr i huvudet, vågor i håret och vatten i knäna. Jag satte mig ner. Vramberg tittade på mig och undrade om allt var OK. "Ja allt är OK, Shell och BP också. Olja överallt. En fantastisk palett över döda mästare", svarade jag. Krösus suckade.

Efter att ha beskådat ljuvligt målade och icke målade kvinnor så beslöt vi oss för att bege oss till "Helle´s värdshus" för att inmundiga atmosfären och en och annan pilsner. Allt för att behaga det danske folk. Nåja, vi får väl också erkänna att vi gjorde det med stor entusiasm och med stort nöje. Och där satt vi nu, jag och Krösus Vramberg, och åt och skålade. Vi bestämde oss för att riktigt koppla av för resten av eftermiddagen och kvällen. Kanske skulle jag få ny energi av att träffa lite nytt folk, hade Vramberg sagt innan vi gick in på vår tredje öl. Så mat och dryck kom och gick, folk kom och gick, och klockan gick. Klockan sju den kvällen steg en liten grå senig man in i lokalen. Han kunde ha varit Einsteins tvillingbror. I handen höll han en liten grå bok och hans namn var Algot Åkesson, författare till: "Den siste revolutionären" och "Endast solen är riktigt röd". Han klev fram till vårt bord och frågade om han fick sitta .

- Ja visst! Krösus Vramberg reste på sig för att hövligt ge plats på en trästol bredvid honom.

- Det är inte var dag man möter en så celeber person som ni, sade Krösus med respekt i rösten.

- Så ni vet vem jag är? undrade Algot lite svävande.

- O, ja! Ni fick LO:s litteratur pris... ja var det åttio eller var det åttioett? Och ni fick guldpennan i år som främsta författare och skildrare av Svensk arbetarhistoria i modern tid, eller hur?

- Jo åttio var det, ni glömde att nämna att jag avböjde en stol i Svenska akademin. Ni verkar vara beläst, herr...?

- Vramberg, Niklas Vramberg, bokförläggare. Och det här är min gode vän, konstnären och poeten Pascal, Pascal de Merode. Vramberg gjorde en gest åt mitt håll. Jag sträckte ut min hand till hälsning och fick ett kraftigt handslag av den senige mannen.

- Så vad gör en konstnär och en bokförläggare i Skagen då? undrade Algot och tittade på oss båda.

Jag svarade honom att vi är här för rekreation, vila och för att få inspiration. Krösus nickade och tillade:

- Måste få igång Pascals kreativitet igen, den har gått på tomgång ett tag nu och givetvis för att jag själv också behöver lite semester. Krösus skrattade och viftade efter servitrisen.

- Får jag bjuda på en öl kanske?

- Jag tar hellre en gammeldansk om jag får. Algot log åt Krösus.

- Ja visst, ta in tre gammeldansk och två pilsner tack!, sade han till servitrisen som nu hade kommit fram till bordet.

Där satt vi nu alla tre och disskuterade böcker och om dess upphovsmän. Vi pratade om konst och om alla   -ismer. Algot Åkesson var mest förtjust i Picasso och hans verk. I en het diskussion så reste sig Algot, höjde sitt glas och sade högljudt: "Skål för de sköna konsterna!" Vi reste på oss och höjde våra glas till skyarna.

- SKÅÅÅL! Hela baren reste sig upp och ville vara med och skåla. Vi skålade för Skagen och dess ljus. Vi skålade för Ancher och Kröyer, Tuxén och Peter Dahl.

- Peder Dhael? Hvem faen e de? skrek en Köpenhamns typ i kritstrecksrandig kostym, medan hans dockliknande fru försökte hålla föredrag om alkoholhaltiga dryckers skada på hälsa och leverne. Jag tyckte synd om honom så jag gick och satte mig och skålade med honom, berättade att Peter Dahl är en av Sveriges största målare av arbetarklassen och dess kamp mot den korrupta överheten. Klassamhällets fiende nr ett och revoltör. I alla fall så var han det på 60- och 70-talet. Här kom också Algot med i samtalet. Han gormade och svor; att ungdomen av idag var för lata och bortskämda, och duperade av massmedia och de styrande. Tyckte att folket skulle få tummarna ur sina feta arslen och revoltera, eller i allafall gå ut och protestera mot kapitalisternas utsugning av arbetarklassen.

- VIVA LA REVOLUTION! skrek den kritstrecksrandige mannen och höjde sitt whisky glas. VIVA LA REVOLUTION! Och skrattade sen högljudt.

- Men Mogens! Så kan du väl inte säga. Vi är ju rika och äger flera företag, så kan du väl inte säga, Mogens? sade fru docka lite tvekande medan hon såg på sin man med vassa stickande ögon.

- Jo för helvete! En liten revolution kan väl inte skada! Och nu skrattade han så han fick tårar i ögonen.

- Men Mogens, vi får inte glömma vår ställning och status i samhället, Mogens lille. Inte ska vi väl ha en liten revolution inte. Frun docka var röd i ansiktet.

- Du ska inte prata om klass och status. Utan mig skulle du fortfarande gå och städa hotellrum, fnös mannen, och nu märktes det att han började bli ordentligt på örat.

- Min man tål inte alkohol, han är inte van vid starka drycker, ursäktade sig fru docka och lutade sin mans huvud mot sitt högra bröst och började nynna på en vaggvisa. Revoltören sov. Jag gick bort till vårt bord som det nu var fullt med folk vid. Algot var uppe och dansa med en fågelskrämma, men de såg ut att passa för varann, de var lika risiga och gråa i håret båda två.

Själv så bjöd jag upp en norsk rödhake. Hon tackade ja och genom sitt tjocka burriga röda eldhav av hår drog hon en ringfri spretig hand. Fnittriga av dryckjom virrvlade vi in i parningsdansens galenskap och hetta. Vi dansade runt som orkanen George utanför Amerikas östkust. Stolar och bord flög all världens väg. Vi hoppade och sparkade vilt omkring oss. Ben och armar roterade som en slåttermaskin i värsta skördetid. Musiken studsade mot våra trummhinnor och försvann sen ner mellan golvspringorna. Adrenalinet pumpade runt i våra kroppar och endorfinet fick glädjefnatt och skuttade rakt in i pannloben. Som två blinda ormar slingrade vi oss om varandra; utsöndrade kroppsvätskor som blev till glidmedel mellan våra kroppar. Vi utforskade varandras kroppar med händer, med tungor, ja med alla medel som stod till vårt förfogande. Hon tjöt som en ångvissla (som fått fnatt mitt inne i en tunnel) när orgasmen kom och rann iväg ner för hennes lår. Det blev helt tyst i salongen; musiken tystnade, folk tystnade, alla bara satt där med öppna munnar och stirrade som fånar. Krösus reste sig upp och räddade situationen. Han harklade sig och sade: "Mina damer och herrar! Ni har nyss skådat en dans ur Pascals nya erotiska musikal: Eva frestar Adam. Bra va! Det är inte alla förunnat en gratis show, visserligen bara repetition, men ändå." Nu började folk att vakna till liv igen och sporadiska applåder föll. Sedan reste sig alla som inte var för berusade och applåderade och ville se mera. Jag och min norska rödhake bugade, neg och tackad och gick sedan ut i sommarnattens leende.

Vi gick ner till stranden och lyssnade till vågornas brus. Kvällen var ljuvligt varm och vi satte oss i dynerna och blickade ut över havet. Vi satt där helt nakna min lilla rödhake och jag. Hon hade presenterat sig som Aniara Munch, teater apa från Trondheim. Berättade också för mig att hon i dagarna fyllt tjugofyra år och resan till Skagen var en present från hennes far Archibald. Så där satt vi och pratade och fnissade som små skolungar och drack Liebfraumilch ur tetrapak. Månen gjorde oss sällskap med att vara full och kärlekskrank. Mångubben flirtade med himlens alla stjärnor och bjöd efter bästa förmåga upp karlavagnen till en tango. Förälskade par gick promenader längst den silverströdda stranden. De såg oss inte där vi låg ihopslingrade och nakna, som Gud, mor och far en gång hade skapat i sin lidelse. Vi älskade som högexplosivt nitroglycerin och det small till var gång vi rörde vid varandra.

Som när himlavalvet kopulerade med jorden och Gayas barn föddes. Och vi kände oss perfekta, odödliga som små amoriner med vattniga kåta ögon. Förtrollningen bröts av ett harklande, en liten hostning, och ett: "Ursäkta att jag stör denna förtjusande scen. Den kunde nästan ha varit tagen ur en pjäs."

En man klev fram och skrattade glatt.

- Förlåt att jag stör, mitt namn är Al Smith och mitt yrke är att regissera. Men här behövdes varken regi eller manuskript, fortsatte han och skrattade igen. Vi bad honomn sitta ner bland våra nakna kroppar, för blyga var vi defenitivt inte. Men för att inte situationen skulle kännas allt för pinsam för Al så tog vi på oss våra kläder och gav honom lite vin. Vi frågade Al hur länge han hade stått och tjuvtittat på vår föreställning. Han svarade med att ta en stor klunk vin; och medan vinet sipprade ut genom mungiporna och ner för halsen sade han: "en stund".

- Fantastiskt! Ni skulle kunna vara med i min erotiska uppsättning av Henrik V, sade han; efter att ha torkat sig om munnen. Han log och tittade frågande på oss. Jag och rödhaken tittade på varandra och började fnissa.

- Hur i helvete kan du få till en erotisk pjäs av Shakespeares´s Henrik V som är fylld av intriger och krig, undrade jag.

- Jo det ska jag berätta för er mina ungdommar. Pjäsen ska handla om kvinnorna som är hemma, medan männen är ute och slår ihjäl varandra. Kvinnorna samlas och förbannar männen. Vägrar att ha sex med dem. Tiden går och kvinnorna dras mer och mer till varandra. Lesbiska erövringar och lustar brinner som en löpeld genom staden. Otrohet och kåthet fyller stadens erotiska eld . Och när det givna bränslet till denna eld är borta så får man bränna vad brännbart är. Al tittade på oss med entusiastiska ögon.

- Låter lite som Lysistrate, fast med undantag för det lesbiska och det erotiska. Eller vad tycker du min fågel?

- Jovisst , jag håller med dig . Det verkar vara en rolig grej du håller på med, men får du tag i skådespelare till det då? frågade min lilla Rödhake och vände sig till Al.

- No problemas seniorita! Al Smith skrattade och drack upp det sista av vinet.

PASCAL MÖTER LONE

Vaknade upp framåt tolvtiden med rungande huvudvärk hemma hos Sal. Krösus hade givit sig iväg tidigt på morgonen med Sal för att träffa lokala fiskare. Tidigt på morgonkvisten hade min norska teaterapa följt med Al Smith till vandrarhemmet för att gå igenom ett manuskript. Manuscript my ass ! Jag vet nog vad de gick igenom jag. Själv så hade jag haft drömmar; erotiska drömmar om lesbiska prinsessor och tjänstepigor som dansade runt i Kronborgslott och skrämde skiten ur både Hamlet och Shakespeare.

En kall dusch, två koppar cappuccino och man var som en ny människa. Nya inköpta vita shorts och en svart t-shirt som gick till mitt blonda hår. Perfekt! Rafsade till mig akvarellblock och penslar, hittade en tom syltburk som jag fyllde med vatten. Nu! Nu djädrans anamma ska här ut och skapas. Nu ska akvarellblocket fyllas med Skagens ljus tills bladen viker sig av solsting.

Jag trippade iväg ner mot hamnen med ett leende och insöp allt liv och all energi som omgivningen gav. Hamnen var full av fiskebåtar, och nät hängde överallt. Solen blänkte i det stilla klarblå vattnet och fiskmåsar cirklade runt i skyn och dök som kamikazepiloter i jakt efter något ätbart. Jag slog mig ner på en bänk och tog upp mina målarattiraljer.

Blötte akvarellpapperet och började måla så att alla färgerna flöt in i varandra som dofterna på kajen: Färsk, rökt och rutten fisk, och dieselolja.

En kvinna med barnvagn tittade intressant på från ett café. Hon satt och drack en kopp kaffe medan hennes lille grabb (som nu satt i en barnstol) åt en stor glass, som hade börjat rinna.

När hon såg, att jag såg, att hon tittade åt mitt håll, rodnade hon och började nervöst att röra om i kaffekoppen. Jag log och nickade åt henne och hon svarade med ett leende.

- Pascal, Pascal de Merode, heter jag, får jag slå mig ner? Jag gick fram till hennes bord och ställde mig tätt intill henne.

Hon tittade nervöst upp mot mig och svarade på klingande Skagenmål "att det går väl bra".

- Jag heter förresten Lone, och det här är min systerson Jens, sade hon, och viftade lite osäkert med handen.

- Så, så du är svensker? frågade hon lite tveksamt.

- Ja, jag kommer från Helsingborg, Sundets pärla och Västanvindens hemstad. Och du?

- Fredrikshavn, jag är född i Fredrikshavn, men jag har bott här ... i evigheter ... känns det som. Jag ser att du målar. Hon tittade ner på akvarellblocket och bytte ämne. Ville kanske inte prata om sig själv för främlingar, eller så var hon bara nyfiken på vad jag var för typ. (Shoot baby shoot, ge henne hela registret, smöra på, visst vill du ha henne i säng din kåta fan, du klär ju

51

redan av henne med ögonen. Visst putar t-tröjan ut sådär upphetsande så som du gillar det? Bröst som ...) Mina tankar avbröts av att servitören dök upp och harklade sig. Servitören var en lång senig tonnåring med fett stripigt hår.

- Ska det vara någonting här då? undrade han och drog sina flottiga fingrar genom det stripiga håret. Hårda, svartsjuka blickar mötte mina, men mot min bordsdam log han brett och dreglade. Jag beställde en kopp kaffe och ett danskt wienerbröd. Servitören grymtade något till svars som jag inte hörde och gick sedan sin väg.

Vilken typ va! Dregglar och saglar över sina gäster. Har de bara sex i huvudet, tänkte jag och hängav mig åt mentala-kroki-övningar.

Vi satt och drack kaffe och pratade om ditt och datt, mest datt. Hon var inte nervös längre, satt inte med benen i kors eller tittade ner i bordet. Nä, nu så gestikulerade hon med både armar och ben, skrattade högljutt och fnissade åt mina dåliga skämt så att vår flottige servitör tappade både koppar och fat. Och som små bomber exploderade de i tusen underbara små blåvita skärvor. Jag skrattade, vi skrattade; åt alla och allt, servitören, hjulbenta fiskare, åt livet, Gud, och inte minst åt oss själva. Lille Jens satt och kladdade ner mitt block med den naivitet som bara ett barn kan. En blandning av livslust, vattenfärg och en stänk jordgubbsglass. Jag köpte konstverket av grabben. Det kostade mig två röda pölser med rostad lök och mycket ketchup. Jag mådde bra, inte var dag man får tillfälle att stötta unga konstnärer. Jag följde dem en bit på vägen. De skulle hem till hennes syster. Vi bestämde oss för att mötas igen imorgon, samma plats, samma tid.

Vi satt i Salvadore Leones kök och snackade om dagens händelser. Sal och Krösus berättade att de hade följt med Fiskaren Gaihede ut på en liten fisketur. Gaihede hade berättat för dem om hur fisket gick till förr och hur det var nu. Och om alla de som förolyckades ute till havs när stormen plötsligt slog till. Om fattigdom och sjukdom. Men också om den roliga och spännande tiden som när hans far satt modell för de stora målarna. Medan vi åt "Rödspätta a la Drachmann" som Sal hade fixat av den fisk som de hade fått med sig hem, så berättade jag om mina eskapader, och att vi skulle mötas igen o.s.v. Krösus gav mig en blick som annars bara föräldrar kan ge. En sån där blick "att nu är det bäst att du skärper dig unge, annars..." Jag tittade tillbaka och tillade att "givetvis kommer jag att ta med mig staffli, duk och penslar så att jag kan sätta den danska natur och dess skönhet under ett geni's fingertoppar. Stryka regnbågsfärg över den vita duken. Massera den känsliga knottriga huden med dyrbara oljor. Låta fantasin skena iväg och klä den i blomsterskrud".

-Hrm! Är det säkert att du tänker på måleri nu, Pascal? Smålog han inte lite när han frågade? Jovisst, visst drog Krösus på smilbandet. Sal skrattade och tyckte att "nu får vi ha oss en sup!". Det blev flera.

Vaknade upp med morgonstånd och röda kinder. Solen stod redan högt på himlen. Fåglar satt och kvittrade ute på körsbärsträdets blommiga grenar. En serenad för de älskande. Nu var det som så att inga älskande par fanns där, utan bara Krösus och Sal, som satt ute i bersån och drack frukost. Själv sträckte jag på mig och tog en joggingrunda rakt in i duschen. En kall dusch gör gott för kropp och själ har någon klok man sagt, och jag höll med tillfullo där jag stod och lät vattenstrålarna piska min kropp. Som enriset i bastun så satte det igång blodcirkulationen. Jag njöt, av solen, semestern, vännerna, och av att jag skulle få träffa den söte Lone igen senare idag. Tralala...

Vi möttes i strålande solsken och varma vindar. Hamnen sprudlade av liv. Fisk lossades och nät lagades, uppköpare skrek i mun på varandra, tankbilar kom och rullade iväg för påfyllning. En doft av rökt makrill fångade min uppmärksamhet. Lone måste också ha märkt det för hon tittade på mig och nickade med huvudet mot en fiskebod. Vi gick tysta tillsammans och höll varandra i hand. Våra cyklar följde oss som svarta skuggor och som korpar var de över oss. Speciellt var de på mina hälsenor och gnagde. När vi satte oss på uteserveringen och väntade på vår makrill tog Lone upp ett plåster ur sin lilla svarta handväska.

- Här, varsågod, sade hon och lämnade över ett plåster som inte var större än ett frimärke.

- Tack! Jag ska bära den med vördnad. Hon skrattade och kysste mig på kinden. Vi åt, drack och njöt under tystnad. Våra blickar sade mer än tusen ord och det räckte för oss. Det fanns bara vi. Allt runt omkring var för oss bara en suddig dimma, som kulisser i en pjäs, och vi var huvudpersonerna. Fiskoset blev till kamomilledoft och fiskmåsarna förvandlades till änglar som blåste hårt. Vi var helt insnöade i sommarkärlekens galna, men vackra ljusa värld. En dikt kom till i mitt inre, den trängde på och ville komma ut: - Ack, du söta, med läppar röda som bär. Tänk om de mina kunde möta, vore då inte himmelriket här. Du kom, du gick, du var här nyss. Ack vart blev du av, du ljuva kyss.

Lone tittade på mig och frågade.

- Vadå blev av? Du får fler om du vill, sade hon och log mot mig. Jag sa inget, tittade bara henne i ögonen och stal en kyss. Vi betalade och gick till våra förtrollade cyklar som väntade som små Pegaser på att få ta oss till Olympen. Nu blev det inte Olympen, men väl till "den översandade kyrkan". En gammal kyrka som låg helt alena bland sanddyner och dvärgtallar.

Av kyrkan såg man bara det vitkalkade kyrktornet. Man kunde bara ta sig dit till fots. (Vadå, helikopter?) Medan Lone gick och kissade ner kottar och troll i de glest bevuxna buskarna, så satte jag mig på en bänk och tecknade av kyrktornet med dess burleska omgivning. Lone ville gå in i kyrkan, och så fick det bli. Där inne vid ett halvcirkel format bord satt en kvinnlig turistguide och läste "Törnfåglarna". Hon tittade inte ens upp när vi harklade oss. Till sist så halvskrek jag.

- Hallå! Hoho ! finns det någon här som ska vara här? Hon tittade upp och sen pekade hon med ett långfinger (som var van vid manikyr mins en gång om dagen) på en skylt: LUNCH STÄNGT mellan 12.00-14.00. Klockan var nu 13.58. Vi stod tysta och stilla och väntade på att timmen skulle bli slagen. Själv hade jag lust att ge manikyr kvinnan lite spanking, men hon skulle kanske ha njutit av det, så jag lät bli.

- Jaha, och vad kan jag göra för er då, frågade manikyr kvinnan när klockan var slagen. Hon filade på en bruten nagel.

- Har ni glass? Frågade Lone.

- Glass?

- Ja, vi tänkte fira med glass, sade jag och log med hela min charm.

- Fira? Manikyr kvinnan hade nu slutat att peta naglarna och tittade på oss med öppen mun, som en fisk som inte får luft.

- Ja vi tänkte fira, efter det att ni har vigt oss, sade Lone med allvar i tonen.

- Vigt er? Ska ni gifta er?

- Ja tack! sade vi båda i chorus.

- Men, men här kan ni inte gifta er. Iallafall inte med mej. Jag menar ... jag kan inte ... ni kan inte ... gifta er! Jo, men inte ... nu ... INTE HÄR!

- Ni driver med mig, eller hur? Dolda kameran kanske? Hon reste på sig och tittade tveksamt över våra axlar. Hon såg inga kameror. Hon satte sig ner och var alldeles nyponröd i ansiktet.

- Ja! sade jag.

- Ja, vadå ja? mumlade nyponrosen och tittade ner på sina bröst, knäppte en knapp och rättade till blusen .

- Ja, vi driver med dej. Förlåt. Är du gift? frågade jag i så allvarlig och seriös min som jag kunde, men gapskrattet var inte långt borta, det var på väg i ilfart och skulle spränga alla gränser och barriärer. Och när det väl hade gjorde det, så sprang vi ut ur kyrkan med vishet om att här kunde ingen ringare bo.

Vi sprang in bland tallbarr och kottar. Lone knäppte upp sin vita blus medan hon sprang och fnissade som en liten skolflicka. Hon lutade sig mot ett träd och putade med brösten, lyfte höger ben och satte hälen mot trädstammen.

- Kom, ta mig, sade hon och räckte ut en hand.

- Tager du Pascal de Merode, Lone Christensen här och nu, med kärlek och spänd båge? Och lovar du, Pascal de Merode att ge Lone Christensen många och underbara orgasmer så hon skriker av lycka?! Hon skrek ut orden medan jag närmade mig henne. Och medan jag tog henne fick hon svaren: Ja! ... ja! ... Ja! ...

RESAN HEM

Färgerna föll rätt denna morgon. Duken blomstrade upp av soluppgångens färgprisma. Jag satt nere vid stranden endast iklädd badbyxor och målarrock. Krösus kom och satte sig i sanden och tittade på mig.

- Har hon åkt hem?

- Ja, det kom två vårdare och hämtade henne. Hon hade stuckit från vårdhemmet utan lov och åkt till sin syster. Hon lurade både sin syster och mej.

- Är du ledsen? Saknar du henne? Krösus klappade mig på knäet och log ett sådant där leende som betyder "kom igen, det där är väl inget att hänga upp sig på".

- Nä! Jag kommer igen, det där är väl inget att hänga upp sig på, svarade jag lite krystat. Det kanske inte är meningen att man ska ha både kvinnor och konst att fröjdas över, utan att man måste välja och satsa allt på ett kort. Och för min del blir jag vid min läst, konsten. (Visst skjuter Amor sina pilar, men oftast så blir det blindskott.)

- Jojo, det där har vi hört förut. Du kan sitta här ett tag till, men glöm inte att vi ska med bussen kl: 11.45 till Fredrikshamn. Krösus reste på sig och gav mig ännu en klapp, men denna gången på axeln. Visslande på "I'm a poor lonesome cowboy, long way from home" och så försvann han lika snabbt som han hade dykt upp. Själv så började jag att nynna på Björn Skifs "Michelangelo" medan jag lät färgen dansa Can-Can över linneduken. Konturena växte fram, lite i taget. Man kunde urskilja en sol, en mås, vatten, fluffiga moln, en ärta. EN ÄRTA ! Va fan kom den ifrån? Inte fan har jag suttit och målat en ärta! Eller? Bakom mig stod en norsk liten gutt med ett ärtrör i handen och skrattade. Jag log och skrattade tillbaka, sträckte mig ner och tog upp en död näbbgädda som låg och gassade i solen. Näbbgäddan försvann ner i byxlinningen på grabben.

Grabben skrek, jag log. Och medan grabben sprang till sin mor, hoppade jag omkring i en vild krigsdans runt stafflit och tjoade och tjimmade runt som en galning. Sand for och flög över palett och målarduk. Sandmåleriet var nu ett faktum. Jag hade skapat en ny -ism, sandinism. (Generationer av indier och indianer garvade säkert i sina gravar åt mitt upptåg.)

Sal följd oss till busstationen. Han hade gjort iordning en liten matkorg åt oss med korv, bacon, ägg, bröd, och lite sillamad som hade blivit över. Och som pricken över i;et en flaska bulgariskt rödvin. Vi tackade Sal för hans givmildhet och gästvänlighet och bad honom att hälsa på oss i Helsingborg. Vi kramade om varandra och gav kyssar på kind precis som äkta fransmän. Folk har svårt att se män visa känslor för varandra, så även här. De pekade och fnissade och visade miner. Somliga bara log eller var helt nollställda och inte brydde sig alls. Vi klev på bussen och kom att sitta mitt i en bastu. Medan bussen körde på, kom jag att tänka på Robban Brobergs fina låt "ÖKEN".

Ökenfärden höll på i nästan en timme. Vi hade susat förbi små samhällen och sedan ännu mindre samhällen på vår färd mot Fredrikshamn och vatten. VATTEN! Gommen var torr och halsen kändes som sandpapper. Vinet som vi hade fått med oss ville vi inte röra, det skulle vi ha på tåget tänkte vi. Det var säkert +35 grader i bussen. Suck! Vi slöt våra ögon och försökte vila och spara på våra krafter. T.o.m. de danske köer som vi passerade låg utfläkta på ängarna som björnskinnet framför öppna spisen. Medan solen gassade, så snarkade trötter Vramberg. Själv kunde jag inte sova, hade en liten norsk gutt som siktade på mig med ärtrör.

Äntligen framme! Fredrikshamn! Here we come!

Nåja, kom och kom, vi ska faktiskt iväg med ett tåg om trettio minuter som ska ta oss till Helsingör. Vi stod ute på perrongen och njöt av den friska luften, tills jag plockade upp en cigg och förpestade omgivningen. Men jag njöt, jag hade inte kunnat röka på en hel timme. Vramberg som satt lutad mot en betong pelare tog upp snusdosan och stoppade käften full och log. Jag satte mig också ner och och njöt av alla de bara kvinnoben som passerade och gav en tacksam tanke till mannen som hade skapat kort-kort.

Tåget anlände och vi klev ombord. Vi fick fönsterplatser med bord så att vi kunde spela kort om vi ville, men det ville vi inte. Det blev luffarschack istället. Snett mitt emot mig på andra sidan satt en liten norsk gutt med ärtrör.

Resan gick lugnt och behagfullt. Solen lyste och värmde skönt genom fönstret. Ärtrörsungen hade somnat av leda sedan hans mor hade tagit röret ifrån honom. Det hade skett efter påtryckning från medpassagerarna och att konduktören hotat med att kasta av dem vi första bästa station om inte grabben upphörde med att spotta grönsaker på folk.

Vi drack upp det Bulgariska vinet och åt en välbehövlig lunch medan tåget dundrade vidare mot Köpenhamn. Solen gassade skönt och vinet började göra en dåsig. DSB tågens kadunk sövde precis lika bra som SJ:s kadunk, kadunk, kadunk. Fem minuter senare sågade både jag och timmerhuggare Vramberg på snark stockar. Drömmar kom och vaggade in mig i fantasins sköna värld. Färger, tomtar och troll, häxor och nakna nymfer, ja alla sprang de runt i hjärnbarken och tävlade om vem som kunde spela mig mest spratt. Jag blev lurad in i gränder av lönnmördare i mörka kläder och med diffusa ansikten. Nästa sekund, strax innan den långa slaktarkniven skar in i min kropp så flög jag iväg på en Pegas. Blev avslängd på ett kyrktorn, sade hej till tuppen. Höjdrädd som man är så höll jag mig i tuppen tills nästa dröm kom och svepte iväg mig till till en erotisk afton i Paris bland bohemer och hottentotter. Där njöt jag i fulla drag. Kvinnor kom och slet av en kläderna medan andra dansade erotiska magdanser så att man fick glädjefnatt. Drog ner en hottentott vid namn Fatima på golvet, och strax låg vi och pokulerade som besatta. Det var en fantastisk njutning, ända tills jag kände en ärta i örat. Jag vaknade. Tåget hade stannat i Köpenhamn och folk var på väg att kliva av. En liten norsk gutt stod bakom sin mamma och höll i ett ärtrör. (Var fick han tag i det?)

Grabben försökte le mot mig men det gick inte så bra, för han hade hela käften full av ärter, och som han givetvis avlossade mot mig. En kaskad av ärter for över mig och timmerhuggare Vramberg som vaknade och grymtade något om bomber och granater medan han sträckte på hela sin längd. Det blev ingen jakt på norska småkryp, för att gutten hade bundit ihop våra skosnören. Hatar smarta småkryp, speciellt när de är beväpnade. Kom att tänka på löss, mygg och kackerlackor. Undrar om grabben har ko skräck?

Köpenhamns centralstation var ett enda stort kaos. Bara två spår var i funktion, på grund av järnvägsarbete. Tåget som vi åkte med fick stå och vänta på att få komma in till stationen. Tiden gick och vi visste att om vi inte kom fram snart så skulle vi missa tåget mot Helsingör. Så när vi väl kom av var vi stressade och sprang för att hinna med vårt tåg. Vad vi inte visste var att tåget till Helsingör också var försenat och inte hade kommit in än. Vramberg och jag kastade oss in genom dörrarna till utgående tåg och hamnade, givetvis, på fel tåg. Vi steg av i Valby. Stressade och förbannade mötte vi iallafall till sist en dansk stins som "inte kunde hjälpa oss med nästa tåg till Köpenhamn". Vi tackade för "hjälpen" och började diskutera om vi skulle vänta på ett tåg eller om vi skulle gå.

- Inte kan det väl vara så långt till centralen, sade promenad pigge Vramber. Så vi tog våra grejer och började gå mot utgången. Kom till en busshållplats, men vi fattade inte ett tjota av danska siffror och knepiga bynamn, så vi vandrade vidare. Femtio meter längre fram mötte vi en taxi. Vi hoppade in och bad honom köra oss till centralen "and step on it". Han tittade på oss, log, skrattade och spikade gasen i botten medan han vände bilen i 180 grader. Däcken tjöt och asfalten rök, jag och Vramberg satt som klistrade i baksätet. Bilradion spottade ut någon sorts Indisk-Turkisk-ormdans-musik, och jag tittade på chaufförens taxileg som satt uppsatt vid handsfacket. Vi hade träffat Mulat, Mulat den tredje.

Äntligen satt vi på rätt tåg. Vi hade fått vänta ungefär en halvtimme tills tåget skulle avgå, men det gjorde inget för att bredvid oss satt nu två söta tjejer och pratade franska. Troligtvis kom de från Frankrike. Tyvärr så fick vi inte reda på det under resans gång. Varför jag inte pratade med dem? Tja, kan det bero på att jag inte kan franska. Bara för att jag har ett franskt namn så behöver man väl inte kunna språket. Jag slickade mig om munnen, tittade på de söta små fransyskorna och de tittade tillbaka, fnissade, och viskade i varandras öron medan de gestikulerade ivrigt med sina små händer. Station efter station pågick fnissandet och jag blev mer och mer irriterad över av att jag inte hade börjat ABF`s nybörjarkurs i franska. Så småningom reste de förtjusande croissanterna på sig och var på väg att lämna vagnen, när jag Pascal de Merode, kvinnornas riddare, hojtade till på bruten engelska:

- Bye, bye!

- Fniss, fniss.

Det var allt de sade, och så klev de av tåget i Snekkersten.

Äntligen på svensk mark! Jag rusade ut ur Helsingborgs färjeterminal och slängde mig ner på knä och kysste moder Sveas asfalterade knäskålar. Påven kunde inte ha gjort det bättre. Resenärer tittade konstigt på mig där jag låg på alla fyra. En vakt kom och undrade om jag var full. Jag svarade honom att "visst är jag full, full av glädje att vara tillbaka". Vramberg kom dragandes med våran packning .

- Vad du fick brått då, sade han, och satte sig ner på en bänk, medan han betraktade min position. Ber du? frågade han med en undrande blick.

- Nä, jag bara kysser moder Svea, sade jag, medan vakten började gå otåligt fram och tillbaka.

- Asfalt.

- Va?

- Asfalt, du kysste, skitig, oljig, äcklig duvskitig ASFALT! skrek hygienisten Vramberg och reste på sig. Så gjorde även jag. Det var en sval och skön sommarkväll som gjord för prommenader, men jag tyckte att vi hade fått vår del av konditions träning så jag vinkade till mig en taxi. Chauffören som var riktigt "service minded" öppnade och stängde dörrar för oss. Tog vårt bagage med ett brett leende och på bred skånska frågade han vart vi ville åka. Vi gav honom två adresser och sedan begav det sig. Men inte hemåt. Han körde lugnt och säkert sin förlängda, svarta Mercedes-Benz genom Helsingborgs nattliv och pratade om Kärnan och andra sevärdheter. Vi försökte förklara för honom att vi inte var turister, utan trötta Helsingborgare som bara ville hem och krypa ner i en skön säng. Efter att ha lovat honom att få ta oss på en guidad tur en annan dag så körde han oss hem. För att vara på den säkra sidan att vi skulle höra av oss, så lämnade han oss sitt visitkort. Jag och Krösus skrattade så att vi höll på att skita på oss. Vi läste högt: MULAT DEN FJÄRDE: TAXIÄGARE OCH F.D. CHAUFFÖR ÅT PRESIDENT TITO.

Låste upp dörren till ateljen. Äntligen hemma! Slängde målarattiraljerna i ett hörn och resväskan på soffan. Av med kläderna och sedan en nakendans bort till kyl-skåpet och tog fram en kall öl. Hoppade med spänstig kropp ner i sängen med "Gökmannen", en bok skriven av min favo-rit författare Sture Dahlström. Somnade in efter att ögonlocken sagt godnatt. Drömde erotiska drömmar om fransyskor och lammkotletter.

Strålande morgon. Solen sken och fåg-larna kvittrade. Själv var jag utsövd och på glatt humör. Visslade en melodi "turistens klagan" fast jag inte hade några som helst klagomål. Friskt härligt kranvatten forsade ner i kaffekokaren. Zoegas skånerost fyllde ateljen med en arom som till och med gu-dar skulle kunna gå ned på knäna och be om. Traskade ut i det ljuva sommarvädret för att handla lite frukost medan kaffet puttrade på. Fantastiskt vad mycket en bensinstation kan ha i sitt sortiment av va-ror: Varm korv med bröd, tio kronor. Läsk, chips, dataspel, öl, mjölk och konserver. Hyrbilar och släp till ett hyfsat pris. Musik-kassetter och klockor, blomjord och biltvätt medan man väntar på att få sin nyinköpta

Jo-Jo inslagen i presentpapper. Själv så skulle jag bara ha en liter juice, bröd, mjölk och en liten svindyr ost som till och med mössen skulle äta med andakt. Betalade och gick därifrån med en "undrar om de har bensin på detta stället?" fråga i huvudet. Höll på att missa en kollega i min stund av funderingar och sinnes frånvaro.

- Hej TB, det var länge sedan, sade jag glatt överraskad.

- Ja inte var det igår inte, svarade TB och skrattade varmt som han brukade.

-Ska du med upp till ateljen? Kaffet är klart, så du kan få dig en kopp och en fralla om du vill. Och så kan du titta på mina skisser från Skagen.

- Javisst, en liten stund i så fall, nickade TB, och så gick vi vidare på den solvarma, mjukost dallriga asfaltsväg som slingrade sig bort till mitt lusthus. Ja, atelje då.

Ja där satt vi, TB och jag och sörplade i oss kaffe och nybakad konstlitteratur. Visade upp mina skisser och målningar från Skagen. Vi gick runt i ateljén och insöp både olja och fernissa och minnen som flytt. Vi brände cigg till skratt och gråt. Politiskt gidder om konstens vara eller inte vara. Stipendium eller jobb. Fattig eller rik. Konstskolornas betydelse för konstnärerna. Utvecklig eller styrning? Till det bättre eller det sämre? Blir man en marionett i lärarens händer eller bli man den fria konstens mästare? Vi kom också in på Konst skribenternas betydelse för konstnärens överlevnad. Vi beslutade att skita i allt vad skribenterna tyckte och tänkte, bara vi målade det vi ville. Skjut en kråka! Bånga för en femma! Ta in Attrappen!

Kapitel 4

SOMMARJOBB

Pengarna började tryta. Min mecenat och vän Krösus Vramberg var i väg på bokmässa i Syd Afrika och skulle stanna där hela juli. Så vad gör man, jo man får ta mössan i vacker hand och ringa ansvarig utgivare på Posten AB.

- Så du vill ha ett sommar jobb Pascal, undrade Produktinschef Reidar Stam.

- Jo, jag hade tänkt mig något enkelt över juli månad. Kanske något villa distrikt. Kanske. Eller så kan jag ju kanske söka som frilansjournalist på HD och skriva smaskiga reportage om Posten? Vad tycker du?

- Du kan börja på måndag, grymtade Reidar Stam och lade på luren.

Väckarklockan ringde med ett irriterande ljud tidigt en måndag morgon. Allt för tidigt och allt för irriterande. Hade stått och målat hela söndagskvällen till sent in på natten. Somnade säkert inte före halv två. Så det var inte så konstigt att man var trött och irriterad. Slängde i mig en kopp hett svart kaffe och två knäckebröd med ost. Hade fått låna en gul postcykel, som jag hade döpt till "gula faran" och som jag med grace svingade mig upp på, och begav mig till Postterminalen. Där mötte jag min förman, eller rättare sagt kvinna. Hon var liten och blond och utrustad med en röst som fick en att frysa till is. Med ett kyligt handslag presenterade hon sig som Carina med C och hon berättade för mig att jag var fem minuter försenad... Suck.

Det var mest gamla rävar omkring pensionsåldern som jobbade kvar på posten. De unga hade fått sparken för länge sedan. Det kallas för effektivisering och budget-anpassning. Vi måste spara på utgifterna, sade man från direktörernas sida, och så höjde de sina löner med 30% . Visst fanns det ungdomar kvar, men de var få. Jag skulle tillhöra ett brevbärarlag; lag två. Där fanns det ungdom. Det fanns det för att de äldre inte ville gå på på de tunga slitsamma distrikten med många trappor utan hiss. Där hamnade jag och där skulle jag bli i en hel månad. Visste inte riktigt vem det var mest synd om, mig eller Posten. Men det skulle framtiden så småningom få visa.

Post skulle sorteras efter postnummer, gator och sedan efter trappor. Bredvid mig hade jag Anders Hansson. Det han inte kunde om friidrott var inte värt att veta. Men sport och speciellt fotboll var det ämne som det pratades mest om och där hade vi Tompa och Patrik som kunde prata i timmar om spelarköp och om tränarbyten. De visste säkert vad spelarnas fruar hette och vad de hade käkat till frukost. En person som verkligen kunde förpestade omgivningen var Patrik. Han kunde ladda röven med senapsgas och sedan förklara krig mot hela arbetslaget. Och här måste jag poängtera att några vita flaggor, det förekom inte. Bredvid honom och immun mot senap satt Maratonmannen Benny. Han älskade att springa, så hans yrkesval var inget man kunde ifrågasätta. Det ryktades om att han en gång hade sprungit till Venezia och tillbaka. Vi gissade att det var pizzerian med samma namn som var det mest troliga. Världens snabbaste landdjur heter Bekå Nilsson och är faktiskt anställd vid Postverket. En lång, smal individ som knappt äter någonting, utan lever på att stoppa käften full med snus och insupa gammal litteratur. Han kan springa snabbare än sin egen skugga. Sta´ns snabbaste brevbärare.

BeKå Nilsson är en duktig och ambitiös brevbärare, som flera gånger har blivit rikligt belönad för sina insatser.

Och en sval, soldränkt morgon med fågelkvitter blev han inkallad till produktionschefen.

BeKå Nilsson såg sig oroligt omkring. Han tyckte inte om att bli utstirrad av högre tjänstemän, ej heller tyckte han om att konversera med dem. "Vi spelar inte i samma division, och så spelar vi inte med samma regler", sade han alltid till mig när vi kom in på chefer och direktörer och även överklassnobbar och deras plats i samhället. Kallsvetten kröp fram i pannan på honom som likmaskar i stoftet av mänsklig avföring. Nervöst satte han sig ner på anvisad plats och stirrade ner i golvet. Produktionschef Reidar Stam satt bakåtlutad i sin snurrfåtölj och petade sig i örat med en postgul blyertspenna. Så småningom slutade han med det och harklade sig och sade: - Jo, du BeKå. Jag har till min kännedom fått höra att du har ambition, och att du vill tillhöra 2000-talets postorganisation. Du är vad jag har förstått; både snabb, pålitlig och hjälpsam. Tyvärr så har du inte fått någon löneförhöjning av ditt duktiga arbete, men jag vill ändå att du på något sätt ska belönas för nit och redlighet i rikets tjänst, så jag och styrelsen har beslutat att ge dig två (2) biobiljetter till vilken föreställning som helst. Ja de gäller givetvis året ut. Reidar Stam reste sig upp och räckte fram höger tass till en BeKå som satt avsvimmad i stolen, troligtvis stolt av lycka. Det berättas än idag att BeKå blir rödögd och får tårar i ögonen var gång han ser Reidar Stam.

Posten höll på att omorganiseras mitt i industrisemesterns dästa tillvaro. Postiljoner med 35 års erfarenhet av postalt arbete skulle testas; ja alla anställda skulle testas. Testet gick ut på att man skulle sortera ett visst antal brev i timmen. Postledningen hade ställt upp som krav "att skulle man gå kvar som brevbärare så måste man alltså kunna sortera". Och då givetvis ett visst antal brev som statistiker hade räknat ut att man skulle hinna med; s.k. "nyckeltal".

Under tiden som testerna fortlöpte så sprang skolgossar runt på vikariat. Skolgossar som knappt var torra bakom öronen skulle hantera tidningar, brev, postanvisningar och avier till byns enda blondin, medan rutinerade semesterfirande trappsniglar, lapade sol på Mallorcas heta stränder.

Testerna blev en flopp. Ingen klarade nämligen de s.k. "nyckeltalen". Så på papperet fanns det nu inga brevbärare. Inga kvalificerade sådana. Poststyrelsen hade blixtinkallat till ett krismöte och nu skrek de i mun på varandra.

- Katastrof! Hur kunde detta hända? Vem är ansvarig? Pappersvalorna seglade runt i rummet medan ordförande skrek: ORDNING! FÖR BÖVELEN ORDNING I KLASSRUMMET!

Konsult Persson tog till sist modet till sig och reste sig och sa:

- I natt drömde jag något som jag aldrig drömt förut. Jag drömde om att vi klonade BeKå Nilsson femtio gånger. Tänk er vilka förtjänster det skulle bli. Det blir halva arbetsstyrkan och en snabb och effektiv sådan också. Och så blev det. Ordförande klubbade förslaget som var enhälligt.

En professor Wittgenstein skulle kontaktas för vidare information om kloning av BeKå Nilsson.

All personal hade samlats i matsalen för information om drogtest. (Styrelsen hade beslutat att dölja kloningen både för allmänheten och för de anställda. Och absolut för BeKå. Hans blod ville de komma åt utan allt för mycket blodspillan. Så de gick ut med falsk flagg och sade att det var ett drogtest.)

Reidar Stam poängterade att "alla ska lämna blodprov", och att de skulle göra det så snabbt som möjligt. "Tänk på att tid är pengar", lade han till och lämnade över ordet till den facklige representanten, som harklade sig, torkade sin kala, svettiga hjässa med en snusnäsduk och började pipa som en mus. Efter burop och allmän ilska så försvann fack-nisse med svansen mellan bena.

(Kloningen hade blivit en katastrof. Det sägs att Wittgenstein hade blandat ihop BeKås och Pascals blod och fått ihop femtio, supersnabb käftade Che Guevara gorillor beväpnade upp till tänderna med snabbtorkande bläck och kollegieblock ... och snus. SÄPO hade ingripit. Utrikesdepartementet hade kopplats in, och inte nog med det så hade statsministern ringt upp Bolivias president och undrat om "han kunde tänkas ta emot femtio rödingar". Presidenten hade svarat att han älskade fisk, och så fick det bli. Och Wittgenstein fick en ny vit skjorta med knäppning där bak. Post-styrelsen avsattes och nya tuppar från den akademiska världen sattes in. Vad som hände med den gamla står det inget om i Säpos hemliga X-files. Så kära läsare: Bränn denna notis när ni har läst den. För allas säkerhet.)

Kapitel 5

Juli månad vart slut, jag vart slut, Posten vart slut. Det goda var att man hade fått ihop en månadslön för mödan och att Krösus Vramberg hade kommit hem.

Augusti solen brände skönt i ansiktet där jag satt på en parkbänk och skissade. Skönt att vara tillbaka i sitt rätta jag. Slippa tänka på att gå upp tidigt på mornarna och höra stressade förmän och brevbärare skrika hysteriskt på varandra att "vi måste jobba snabbare för helvete". Och slippa se pojkar och flickor slicka förmännens rövar tills de skriker att de ska sluta och att de istället ska hämta vaselin till deras ömmande rövar. Själv höll jag på att få träsmak i arslet av allt sittande. Men jag hade lovat Krösus Vramberg att vi skulle mötas i parken, så det var bara att vänta på att han skulle dyka upp. Jag satte mig istället i gräset och började leka med en snigel som skyndade långsamt på den asfalterade stigen som gick tvärs igen grönområdet, säkert på väg hem till fru och barn. Ett tag tänkte jag att jag skulle hjälpa honom på traven och lyfta över honom till andra sidan, men då kommer han kanske hem för tidigt och överraskar frun med sin älskare, och inte vill jag vara den som förstör ett äktenskap inte. Medan jag satt och filosoferade över småkryp och meningen med deras liv så dök Krösus Vramberg upp.

- Upp och hoppa! Vi ska ut på en åktur, sade han och viftade ivrigt med armarna, så som man gör när man vill att folk ska resa på sig.

- Åktur? Vart då, om man får fråga. - Jo, jag har fått reda på att författaren och musikern Ture "Al Capone" Ahltröm och hans fru Anna-Tina Ekorre har ockuperat en skola nere på Österlen.

- Vart då på Österlen? undrade jag. Österlen är rätt stort om jag själv får säga det.

- Allt jag vet är att det är i trakterna av Vallmokloster, svarade Krösus och fäktade på ännu mera, som om jag skulle vara Don Quijote och han vara väderkvarnarna som slogs för sina liv.

- Kom igen nu, jag har Bentleyn parkerad borta vid macken.

Bentleyn gled skönt på småvägarna. Krösus hade varit orolig för stenskott och ville helst ha tagit motorvägen, men jag hade protesterat högljutt och förklarat för honom att småvägar och öppna landskap; "sätter igång kreativiteten" och att jag var i behov av det efter en bedrövlig tid på Posten. Krösus hade gnytt och åmat sig i bilen... mumlat något om lacken... det tar längre tid... bensinen är dyr... vi behöver kartor... okej då...för konsten...och om du Pascal läser kartan. Och så fick det bli. Vi körde in på närmaste mack och köpte en vägkarta över Skåne och Danmark. Inte för att vi behövde Danmarksdelen, men det fanns bara den kartan som passade våra syften, så ...

Att veckla ut en karta är ingen konst, men att veckla ihop den är förbannat i mig en konst. Det ni … Pablo, Leonardo och Dali. Lyckades ni med den svåra konstarten så är ni faktiskt värda att stå i konstböckerna. Själv så lyckades jag inte alls, men så finns jag inte upptagen i något konstlexikon heller, så det så.

Vi svävade iväg i hela sextio kilometer i timmen och Nikki Lauda Vramberg visslade förtjust. Själv mumlade jag något om att "det går sakta med kreativiteten idag" och "lite vind i håret är bara bra för diktandet". Men det fungerade inte. Krösus bara tittade, log och visslade vidare på en tonart som knappast kunde finnas noterad bland de tolv vanligaste. Någon fartökning skulle det inte bli, så det var bara att luta sig tillbaka och njuta av färden. Jag somnade och drömde om sniglarnas Monte Carlo Rally.

Krösus Vramberg hade stannat bilen och skakat liv i mig. Yrvaket gned jag mina ögon och undrade om vi var framme.

- jag tror det. Hör! Visst måste det vara Ahlström som blåser i sin bastuba. Krösus hyschade och satte sitt pekfinger mot läpparna. Själv spetsade jag öronen och lyssnade. Visst var det Al Capone Ahlström som basunerade ut sin vrede över att kommunen ville riva den gamla anrika skolan.(Av en bonde som var ute och vallade sina får hade vi fått reda på att skolan skulle rivas. Bentley ägare Vramberg hade nervöst trummat med fingrarna mot ratten medan fåren sakta hade passerade över vägen. Bonden hade också berättat att skolan låg i Lövestad och att vi körde åt fel håll.) Bentleyn kröp fram längs vägen mot skolan. Ett stort uppbåd journalister, poliser och nyfikna stod samlade utanför skolan. Polisen hade satt upp avspärrningar och medan vi kröp allt närmre avspärrningarna började poliser vinka åt oss. Vi vinkade tillbaka. En polisman ställde sig framför bilen och gjorde stopptecken, en annan gick fram till poker ansiktet Vramberg och undrade vilka vi var och vad vi hade för ärende hit. Vramberg steg ur bilen och började konversera med polismannen som efter en stund ställde sig i givakt och gjorde honnör. Avspärrningarna togs bort och Vramberg körde in på området med en vinkande gest mot polismannen som sträckte på sig och gjorde honnör igen.

- Vad sade du egentligen till polismannen? undrade jag med förbryllade min.

- Jag sade bara att jag var utsänd av inrikesministeriet och att du var här som terroriststyrkans psykolog och att vi är här för att förhandla med uppviglarna.

- Du gjorde vad! Terrorister! Uppviglare! Vi är väl här för att stötta och hjälpa Ahltröm väl, eller...

- Jovisst, men det kunde jag väl inte säga till polisen .

Vi vinkade till Ture och Anna-Tina som stod på barrikaderna och spelade för fulla muggar. Bentleyn parkerade vi bakom jordkällaren som låg i anslutning till snickarboden. Framme vid barrikaderna; som mest bestod av lövhögar och gammalt skräp som skulle brännas, hälsade vi på Ture som tyckte att vi skulle gå in och få oss en kopp kaffe. Innan vi stack in så tog Ture "Al Capone" Ahltröm upp en gammal sliten tratt som en gång tjänstgjort som ljudförstärkare till en trattgrammofon. Den dög utmärkt till att skrika ut ett medelande till polisen att "kommer ni närmre, eller försöker storma området, så kommer vi att spränga alla böcker och tavlor som är gjorda av oss, och som ni ska veta ligger begravda under lövhögarna". Fotografernas kameror blixtrade på medan "uttalandet" pågick. Sydnytt var också där med den lilla söta snärta reportern Maja Gräddnos. Egenligen heter hon Grenoise i efternamn men de flesta säger bara Gräddnos. Gräddnos stod och intervjuade polisens pressansvarige, kommissarie Rediös. En man med stort och pluffsigt ansikte och med en stor röd näsa. Kommissarie Rediös (kallad Kommissarie Redlös av massmedia för sitt sätt att slingra sig ur alla frågor med att börja dilla om alllt och inget.) saglade över Maja Gräddnos medan han besvarade hennes frågor med:

- Tyvärr inga kommentarer. Nej det kan jag inte svara på i nuläget …

Kaffekoppar sattes fram medan kaffekokaren puttrade på. Ture som var en kraftig gråskäggig man i sina bästa år enligt honom själv (72 år), skakade hand med oss och sade att det var kul att se Krösus Vramberg igen, men att det kunde ha varit under bättre omständigheter. Senast de sågs var i Spanien när de bodde där. Men på äldre dagar tyckte han och Anna-Tina att det var skönt att komma hem till Sverige och bygga bo. Ture berättade att de hade hittat denna övergivna, vackra, men förfallna skola och köpt den av kommunen för en spottstyver.

- Här är underbart att sitta och skriva och Anna-Tina har nu också stor plats för sitt måleri. (Anna-Tina kom med kaffet medan Ture ivrigt berättade vidare.) Men nu vill kommunen riva hela rasket och bygga en golfbana. Och inte fan tänker vi sitta still och acceptera det inte. Så vi barrikaderar oss och gör så gott motstånd vi kan. Ni får gärna hjälpa till, vi väntar på förstärkning från författare och kulturpersoner från hela Sverige, så vi blir inte ensamma i vår kamp.

Jean D Àrc Vramberg knöt näven och utropade: - Frihet! Broderskap! Jämlikhet! För bövelen!

Vi reste oss upp och skålade med kaffekoppar och utbringade en skål för det fria ordet och för färgens rätt att flyta fritt över den skimmrande vita duken.

- DETTA ÄR POLISEN! LÄGG NER ERA VAPEN OCH KOM UT MED HÄNDERNA ÖVER HUVUDET! NI FÅR FEM MINUTER PÅ ER! FEM MINUTER SEN STORMAR VI BYGGNADEN. ANTI-TERRORIST-STYRKAN ÄR HÄR OCH DEN ÄR BEREDD! FEM MINUTER! Knaster ... knaster ... klick.

Poliskommissarie Redlös slog sig för bröstet och skrattade skadeglatt. Han skulle visa massmedia vem det var som bestämde, här och nu. Maja Gräddnos stoppade ner sitt block och penna i kavajfickan, hängde kameran tillrätta runt halsen och började springa rätt igenom barrikaderna. Hon sprang allt vad hennes ben orkade och till sist stod hon utanför köksingången. Hon kände på den gamla trädörren, tog i handtaget, som var olåst och ryckte upp dörren snabbt, hårt och fick fem liter såpvatten över sig.

- Vad i helve… ! Hon stod och skakade av ilska och förbannade allt och alla. Hysteriskt stod hon och stampade vatten när Ture och vi andra sprang ut i rummet och tvärstannade framför vad som såg ut att vara en dränkt katt.

- Är detta tacken för att jag har kommit för att hjälpa er, skrek Maja nästan i falcett.

- Vadå hjälpa? Ture stirrade på den blöta varelsen som stod framför honom.

- Ja! Jag vet en väg härifrån. Så vi slipper poliser och massmedia.

- Vem har sagt att vi vill slippa polisen? Och är inte du själv massmedia? Anna-Tina tittade misstänktsamt på Maja Gräddnos.

- Men, men visst är det bättre att fly nu och fajtas ute i friheten ... där kan ... och där har ni tid att mobilisera upp ett bättre motstånd, flämtade Maja Gräddnos, andfådd som hon var av allt hysteriskt skrikande.

Här kunde givetvis inte "fria ordet" Vramberg vara tyst, utan han instämde med föregående talare att det visst var mycket bättre att fly än illa fäkta, och att vi skulle lyssna på vad flickebarnet hade att säga. Maja tittade argt på Vramberg för att han hade kallat henne för ett flickebarn. Visst var hon inte mer än tjugotre år, men hon hade varit med om mer än många av hennes kolleger hade varit med om. Hon tänkte att hon skulle dra tillbaka axlarna så att hennes blöta blus spände över hennes fylliga fasta bröst bara för att visa att "detta du Vramberg! Kallar du detta flickbröst, Va! Drummel", men det gjorde hon inte. Det nöjet skulle han inte få. Men hon tittade med glimten i ögat mot Pascal, slickade sig om munnen och gnydde lite svagt. Mjau.

- Nå, låt oss höra vad du har att säga, grymtade Ture otåligt.

- Jo det är så här att jag har läst om att det ska finnas hemliga tunnlar runt om i Österlen. Och att alla dessa mynnar från Vallmokloster. Och jag har fått reda på att det ska finnas en som går till jordkällaren här på skolområdet.

Anna-Tina tvinnade sitt hår och tänkte så det slog gnistror ur öronen.

- Jo det kan stämma, sade hon. Jag har sett ett gammalt stort ekfat med ett järnkors mot ena väggen i jordkällaren här utanför. Den kanske är där för att dölja en ingång av något slag.

- Jovisst måste det vara den, sade Maja Gräddnos upphetsat.

(nu menar jag att hon var upphetsad av nyheten om ingången och inget annat. Förf anm.)

Ture Ahlröm började bläddra bland cd-skivor och vi alla som stod bredvid undrade om han hade fått spatt och spader.

Men han hittade vad han letade efter. Han skruvade upp högsta volym på stereon och satte på Björn Afzelius "Europa" live.

- Vi måste ha lite distraktions ljud medan vi förpassar oss ner till Dantes inferno. Själv stod jag och undrande vad nunnor skulle ha hemliga tunnlar till.

Medan Björn Afzelius stönade ut sin sång om frihet genom högtalare som var utplacerade på taket, smet vi ut genom köksdörren och förhoppningsvis till vår egen frihet. Anna-Tina lirkade med den gamla rostiga nyckeln till jordkällaren. Efter mycket om och men, så öppnade sig dörren med ett spökligt knirrande och knakande. Vi var inne. Belysningen fungerade inte, men Ture hittade en fotogenlampa som var intakt. I det dova skenet snubblade vi in i grottfolkets hemlighet. Bland spindelnät och rostiga verktyg hittade vi också buteljer, fyllda sådana, med vin, konjak, rom och Grönstedts punsch. Grönstedts punsch? Maja Gräddnos trippade runt och fann en flätad näverkorg som vi fyllde med "våra" destillerade drycker. Åja, vi fann också några burkar med rysk kaviar som vi stoppade ner i vår picknikorg. För att ni ska inte tro att vi bara var ute efter dricka. Ånej, vi äter gärna till. Ture som var äldst fick ta korgen. Man ska slita ut en generation i taget. Han pustade och stönade, kånkade och slet, och så slickade han sig om munnen och man kunde riktigt se lystern i hans ansikte över att få ... äta och dricka .. öh ... fl´åt, få bära dessa dyrbara föremål.

Tunneln var knappt hög nog till en dvärg, men om man böjde sig framåt, nästan som en fällkniv så gick det bra. Men man fick hela tiden tänka på att inte resa sig upp, för då slog man skallen i bjälkarna. Tunneln var heller inte bred, så när nunnor (och eventuellt munkar) gick här nere så måste de ha gått på led, frammåt stupa, sniffande varandras rövar. Maja Gräddnos hade nog tänkt på det för hon ville gå sist. Jag hade protesterat men det hjälpte föga, så Krösus Vramberg tog täten med fotogenlampan följd av Anna-Tina, Ture, Jag, och sist Lilla fröken Gräddnos.

MAJA GRÄDDNOS VISAR VÄGEN

Svetten lackade, ryggar ömmade, skor och strumpor var genomblöta från vattenpölar som vi hade klampat i på vår färd ut till förhoppningsvis frihet och civilisation. Allt medan råttorna dansade can-can och sjöng "en frälsare är född" mellan benen på oss.

Efter en oändlig tid så tycktes vår resa till jordens medelpunkt vara över. Framför oss blockerades vår väg av en stor järndörr. Ni vet en sån där man har i källare och i skyddsrum. Med enda skillnad att denna hade ett stort nyckelhål, utan nyckel. Krösus Vramberg ryckte och slet i handtaget men ingenting hände. Ture kom till undsättning men ingenting kunde få dörren att rucka på sig. Till sist började vi alla, utom Maja Gräddnos att skrika och banka på dörren. Flämtande och med blåslagna näwar tittade vi undrande på Maja. Hon stod stilla med händerna mellan bena och tittade ner i marken som en skolflicka, blyg och rodnande som om hon hade gjort något skamset. Hon gungade lätt på ben och knän och tittade sedan upp mot oss med en röd nyans i ansiktet och sade:

- Jag vet var nyckeln finns. Och så tittade hon ner i marken igen. Förstummade stod vi och tittade på henne och fattade inte riktigt vad vi hade hört.

- Vad sad du!? Ture såg ut som tjugo frågetecken.

- Ja, vad är det du säger? Har du nyckel? Hit? Anna-Tina tittade på Maja och sen på dörren, på Maja, och sen igen på dörren. Så kunde hon ha hållt på om inte Maja hade harklat sig och rak i ryggen med lugn röst sagt:

- Ja, jag vet var nyckeln finns om den inte är flyttad, för... för... för att jag har varit här förut. Total tystnad rådde nu, alla tittade på alla, mest tittade vi på Maja, t.o.m. råttorna höll käft och glodde.

Maja gick fram till en stor sten, som egentligen var av plast och urholkad, men såg ut som en sten, plockade fram en jättestor nyckel som låg i en vattentät påse. Hon räckte den till Krösus som vägde den i handen, stoppade den i nyckelhålet och vred om. Klick.

Dörren var tung och gångjärnen osmorda, så vi fick alla hjälpa till att putta upp den. Med ett gnisslande och tjutande som fick både levande och död att hålla för öronen gick dörren upp. Från mörker kom vi, och in i mörker gick vi. Men Maja Gräddnos letade snabbt upp en ljusknapp och så var de det ljus. Vi hade kommit in i ett rum som såg ut som ett skyddsrum. Vi såg hyllor fulla med konservburkar. Sex tältsängar stod med slokande örngott och med gavlarna mot ena långväggen påminde de mig om min militärtjänstgöring. Ett gammalt grovt ekbord stod mitt i rummet med åtta stolar, tre på var långsida. På bordet stod en fotogenlampa och två kandelabrar med vaxljus. Vid den ena kortsidan av rummet fanns en vask, ett litet tomt kylskåp och ett gasolkök. På krokar hängde kastruller, byttor och andra köksredskap som vi inte behöver gå in på. Vid den andra kortsidan fann vi två skåp. Det ena innehöll kläder, filtar, kuddar och ett par grova stövlar. Det andra skåpet innehöll toalettartiklar, barnmat på burk, välling, blöjor, förbandslåda, batterier m.m. Ett torrdass hittade vi bakom ett skynke. En kopia av den dörr som vi nyss hade passerat in genom fanns också på motsatt sida,den var troligtvis reglad från utsidan för det fanns inget nyckelhål och den gick inte att rubba. Ture tyckte att vi skulle slå oss ner medan han fixade till något lätt att käka och dricka. Anna-Tina ville hjälpa till och det hade vi inget emot så hon började att skramla med grytor och kastruller, konservburkar öppnades, och slängdes. Det började så smått lukta gott från gasolköket.

Ture öppnade två flaskor av det goda röda Rioja vinet och satte det på bordet tillsammans med fem kristallglas som han hittade i ett skåp fyllt med porslin. Vi skålade! Vi åt! Vi rapade och var nöjda. Efter maten slog vi oss ner på varsin tältsäng för att vila efter en lång och händelserik dag. En godnattsaga hade suttit fint, så vi bad Maja Gräddnos berätta en. Speciellt så bad vi henne berätta den om flickan, klostret och den hemliga tunneln. Och så blev det.

Kapitel 6

MAJA GRÄDDNOS BERÄTTAR
(om Vallmokloster)

Det började med att min mor, som var sexton år var på smällen. Hon bar på mig. Först senare fick jag reda på att hennes farbror hade våldtagit henne. Min mor Chantell Theresé Grenoise rymde hemifrån och hamnade efter mycket om och men här på klostret. Här fick min mor en fristad och här fick hon också hjälp att bygga upp ett nytt och meningsfullt liv. Och här födde hon mig. Här fick jag lära mig att läsa och skriva. Här fick jag leka och umgås med andra barn, flyktingbarn som hade gömt sig för polis och invandrarmyndighet. Här bodde och levde jag i harmoni tills jag fyllde tio år och polisen kom och gjorde en razzia. De släpade iväg mig medan min mor grät och bad på sina bara knän, " låt mig få behålla mitt barn". Men förgäves, de sociala tyckte inte att ett kloster var rätt uppväxt miljö för ett barn. Då var det mycket bättre att tösen hamnade hos disponent Karlsson och hans barnlösa fru Elsie ute på Hisingen i Göteborg. Där gick jag i skola tills jag fyllde femton år och rymde till Stockholm. I Stockholm hände en massa skit som jag inte vill gå in på, men skiten gjorde att jag liftade tillbaka till Göteborg och mina låtsas föräldrar. De blev glada att se mig och lovade att allt nu skulle bli bra. Det blev bättre, jag började plugga teologi och naturvetenskap. Sedan kom jag in på journalisthögskolan och fick jobb på sydsvenska dagbladet. Min riktiga mor blev under min bortvaro nunna. Jag försöker hälsar på henne så ofta jag kan. Just nu vet jag att hon är i Frankrike och missionerar. Och här är jag nu igen, där man som barn gömde sig för polisen. Och åter igen med polisen i hälarna.

Jag låg helt förstummad. Vi! låg helt förstummade på sängarna och lyssnade på Majas gripande livsöde. En berättelse som vilken regisör och manusförfattare skulle slickat sig om munnen för att komma över. Men här var det ingen som slickade sig om munnen, utan här var det gråten som satte sig i halsen och täppte till syreupptagningsförmågan. Det kom tårar nerför Majas kinder, men det kom inte ett ljud ifrån henne. Anna-Tina gick bort och satte sig vid henne. Hon tittade på Maja och kramade om henne, som en mor brukar krama om sitt lilla barn när det är ledset. Och nu forsade tårarna fram på Maja och hon nu grät hon högljudt. Till sist så både grät och skrattade hon. Vi tittade på varandra, så började också vi att skratta med tårstänkta ansikten.

- Nä, nu måste jag skärpa mig, sa Maja och torkade tårarna från kinderna, sedan gnuggade hon sig i ögonen som var röda av allt gråt. Maja reste sig och gick bort till vasken och stänkte vatten i ansiktet.

- Nä! Nu tror jag att vi tar och öppnar en flaska Dom Perignon, sa Ture. Jag tror att vi alla behöver det.

VALLMOKLOSTER

Syster Anna som var en from och hängiven syster, stod vid katedern och undervisade svenska för två Albanska flyktingfamiljer. Det gick trögt eftersom syster Anna inte var någon expert i det Albanska språket. Visserligen var syster Anna ovanligt språkbegåvad och kunde inte mindre än sju språk flytande, men Albanska var inte ett språk hon behärskade speciellt bra. Men Syster Anna var inte den som misströstade utan hon fortsatte att undervisa med stor optimism. Barnen lärde sig fortare än de vuxna. Kvinnorna gned sina geniknölar röda medan männen tvinnade sitt skägg av huvudbry. Men frammåt gick det, som en båt på stormigt hav tog de sig fram på bruten Svelbanska.

Benedictus "ora pro Nobis" Bacchus knackade på klostrets träportar. Han var en stor kraftig och skäggig man. (Om ni har sett Trinity-filmerna med Terence Hill och

Bud Spencer så vet ni vem jag menar att Benedictus kunde tänkas vara lik.) Nåväl, där stod han och bankade på porten med sina grova skogshuggar händer. Han älskade mat och goda drycker, helst då drycker med alkohol. Men för tillfället så hade han annat viktigt att tänka på. (Han hade rest runt till de kloster som låg i södra Sverige för att dela med sig av den information som han hade till förfogande. Herrevadkloster hade erbjudit mat och dryck, men han hade med en klump i halsen avböjt all förtäring på grund av tidsbrist.) Han hade brått och mycket viktig information att hålla i minnet, och att framföra till Vallmokloster och Abbedissan Beatrice Agrippia.

Sjuttiofyra år hade hon fyllt, Beatrice Agrippia. Hon stod och tittade sig i den stora Gustavianska spegeln, en gåva från Biskop Brask. Hon stod och kammade sitt långa kritvita hår. Hon drömde sig i väg till krigsåren, närmare bestämt 1944. Då var hon Bitte Nielsen och nitton år gammal . Och som nitton åring hade hon träffat Bertold Brecht som då var i landsflykt. Ung och blixtkär hade hon följt honom överallt. På sin tjugoårsdag hade han tagit henne och hon hade blivit med barn. Han reste till Finland och hon stod där med magen i vädret, övergiven, fattig på pengar men rik på Guds kärlek. Hon var en vacker ung kvinna, så män var det ingen brist på, och hon visste att ta betalt. Efter Brecht affären så var det hennes tur att utnyttja männen. Vid krigsslutet så var hon en av de mest eftertraktade och dyraste lyxprostituerade i hela Köpenhamn.

Syster Josefin som hade hört bankandet på porten gick och öppnade. Hon trippade fram som vilken ung förförisk tjugoåring som helst i storstaden. Men nu var det så att hon var nunna i ett kloster och att det inte var meningen att hon skulle trippa omkring som ett fnask, som brunstiga pojkspolingar skulle vända sig om efter och sagla över. Men hon kunde inte hjälpa det, de gamla taktera satt fortfarande i. Benedictus som nyss hade klivit in genom den kraftiga porten tittade storögt på Josefin. Han såg hennes stora havsblå ögon som tindrade som stjärnor. Hennes blonda långa hår som hängde ner längs skuldror och välvda bröst. Benedicktus tänkte för sig själv att hon måste vara "ny" som går klädd barhuvad. Benedicktus kunde inte hjälpa att han klädde av henne med blicken. Han såg att hon var barfota och att hennes tår var målade. Han visste nu att den information han hade var korrekt och inte påhitt och rykte. Han måste omedelbart få träffa abedissan.

Ture låg och snarkade med Anna-Tina vid sin sida. Hon låg och andades lugnt med benen ihopflätade med Tures. Krösus hade somnat med en bok av Emil Zola över sitt bröst. Själv höll jag på och slummra in när jag hörde Maja Gräddnos kliva ur sängen.

– Pascal, är du vaken? viskade hon fram med huvudet böjt över mig. Jag låtsades att sova, för att jag tänkte att hon kanske ville krypa ner hos mig. Men fel hade jag. Istället för att ta av sig kläder så började hon att klä på sig. Hon trippade på tå och tyst som en mus smög hon sig bort till den reglade dörren. Det såg ut som hon letade efter något för hon trevade med händerna längs väggen. Hon fann en klädkrok som hon vred på. Sen var hon försvunnen.

Kommissarie Redlös hade givit order om stormning av skolan tidigt i gryningen. Efter upprepade försök att få ut terro... öh ... husockupanterna så hade hans tålamod tillsist tagit slut. Och han måste visa för omvärlden och speciellt för massmedia vem det var som (turligt nog var inte hans fru i närheten) styrde och ställde. P.I.T.T (Police Intelligence Terror Team) sköt rök-granater och tårgas så att det stänkte om det och med gasmasker på stormade de mot huset. Vad de inte var beredda på var att vinden kunde vända. Och det gjorde den med besked. Med tung beväpning och skyddsutrustning är det svårt att springa och speciellt andas genom en gasmask. Får man sen en rökridå rakt i nyllet så att man inte kan se något så är det inte så konstigt att det som hände verkligen hände. Ture hade lagt ut snubbeltråd runt huset och det var det som fick polisen på fall. Tio poliser i rad, sprang, snubblade och föll. Under den tiden de föll avlossade de sina automatkarbiner. Ni kan nog tänka er vilket kaos de ställde till med. Insattsstyrkans chef som INTE hade givit order om ELD trodde att det var terroristerna som sköt för att hindra polisens framfart. Så han gav order till mannarna att besvara elden. Under tiden hade nyfikna och massmedia slängt sig på marken. Två skott hade träffat kyrktuppen som föll och träffade prosten i huvudet. Prosten hade krupit in i kyrkan och bett en bön om förlåtelse för att ha onanerat i sakritstian, och sen bad han Gud att sluta slänga kadaver i huvudet på honom, han var ju ändå en kyrkans man.

PASCAL GÅR I MAJA GRÄDDNOS SPÅR

Jag klev tyst upp ur sängen, hade bestämt mig för att följa efter fröken Gräddnos på hennes hemliga utflykt. En myrriad av gångar och dörrar fick en nästan att tappa orenteringen. Jag tog upp mitt lilla pennskrin (som jag alltid bär med mig) och plockade fram en orange pastell krita, ritade små pilar på väggar och dörrar som som jag passerade. Kom till sist fram till en dörr som stod på glänt. Ljus och röster sipprade ut genom dörröppningen. Jag ställde mig för att lyssna:

-Vad gör du här Maja? Hur kom du in? hörde jag en röst som jag inte kände igen fråga.

- Jo jag kommer från den gamla skolan i Lövestad som är ockuperad, eller rättare sagt var ockuperad av författaren Ahltröm. Polisen är där och de tänker storma byggnaden. Så vi smet hit genom de hemliga tunnlarna.

- Vi? frågade sig rösten med ett lite irriterat tonläge. Vilka är vi?!

- Jo, harklade sig Maja, jo det är jag, Anna-Tina Ekorre, och så är det Ture som jag nämnde, sen är det några andra som jag inte vet riktigt vilka det är, men en heter Vramberg och är visst bokförläggare och den andre är visst nån typ av konstnär, poet och han är så sööt och...

- Ja, ja det räcker. Var är de nu? De dräller väl inte runt i klostret hoppas jag?

- Nej, nej, de är i flyktingrummet, du vet rummet där vi gömde oss som små när polisen gjorde razzia.

- Ja jag vet, sade en fnissig röst. Maja Gräddnos började också fnissa, så jag bestämde mig för att kika i dörrspringan. Jag fick se två fnittriga tjejer som kramade om varandra. Själv så skulle jag också ha velat krama om den blonda med de målade tånaglarna och drunkna i hennes barm.

Benedictus " ora pro Nobis" Bacchus gestikulerade stort och ivrigt med ett munnläder som gick för högtryck. Abbedissan Beatrice Agrippia stod häpet med öppen mun och lyssnade till Benedictus berätellse om att Säpo skulle göra razzior mot alla skånska kloster i jakten på en hemlig organisation. Hon hade länge haft på känn att förr eller senare så skulle allt komma fram, och då skulle det bara vara att packa och ge sig iväg. Och av Benedictus historia så förstod hon att allt var över och att hon måste sopa igen spåren efter sig och hennes s.k. "verksamhet". Benediktus som nu hade slutat att vifta på armarna och tyst satt sig ner på Beatrices Angora katt, (som låg och sov på den Gustavianska stolen) hoppade till och trodde det var självaste djävulen som höll på att dra ner honom i skärselden. Han slängde sig på knä och kysste sitt stora krusifix som hängde och dinglade runt halsen och bad tio Ave Maria och svimmade. Beatrice Agrippia suckade och stönade, satte sig ner för att fundera. Hur skulle hon ta sig ur detta på bästa vis.

Efter lite småhångel så gick Josefin och Maja Gräddnos iväg. Jag följde efter. De gick in ett rum som såg ut vara ett bönerum. Rummet fylldes upp av en jättestor freskmålning som spände från golv till tak längs ena långväggen, målad av 1100-talets stora geni, Giotto. Målningen föreställde Jesus och Maria Magdalena framför en pöbel som var på väg att stena henne till döds för hennes synder. Bönpallar, träbänkar och hyllor för stearinljus fanns också i rummet. Men annars så var rummet tomt. Tomt? Vart hade de tagit vägen? De hade ju gått in, de kunde väl inte bara försvinna i tomma intet? Jag beslöt mig för att undersöka rummet mer noggrant. Framför den stora målningen stannade jag och betraktade personerna, kände på den målade ytan och kände att Maria Magdalena hade krackeleringar runt omkring sig. Konstigt, eller, "very odd" som engelskmännen skulle ha sagt. Jag fortsatte att mer noggrant smeka hennes former och kände till slut en upphöjning mellan hennes ben. Jag tryckte till och Maria Magdalena öppnade sig för mig. En hemlig dörr öppnade sig. Jag gick in i den hemliga gången och kom in i en lång korridor. I slutet av korridoren var det en vägg. Jag gick fram och kände på den, börjar visst bli van att känna på dörrar och väggar vid det här laget. Väggen öppnade sig utan konstigheter och jag klev in i ett rum som skulle kunna ha varit målad av Toulouse Lautrec. Rummet såg ut som hans

bordellmålningar med en rund sammets-
klädd soffa med plyschkuddar på. Erotiska
tavlor hängde på väggarna. Grekiska fallo
statyer och skulpturer längs väggarna. Jag
hade tagit ett steg in i bordellbranchen.

BORDELLBRANCHEN

I rummet som lystes upp av röda spot-
lights fanns också en barhörna som jag gi-
vetvis besökte. Jag gick in och ställde mig
och lekte bartender, med mig själv som
ända gäst, och det är inte så lite det. Le-
tade upp en fin single malt Whisky och
hällde upp ett stort glas. Det blev flera glas
och när jag till sist började nynna på en
Bellman låt så blev jag abrupt avbruten av
röster, kvinnliga röster som ivrigt pratade i
mun på varandra. De klev in i salongen och
jag gömde mig bakom ett rött skynke.

- Maja, du får absolut inte skriva om
detta. Din mor är också inblandad, så om
du inte vill dra hennes namn i smutsen så
ger du fan i att skriva någonting. Är det
uppfattat?! Och du Josefin hjälper till med

att bära Bacchus. Beatrice Agrippia var nervös och mycket irriterad när hon gav dessa order.

- Ja, öh, nej, jag menar, jag ska inte skriva något om detta här, vad det nu är det är? Stammade Maja och hon visste att hon skulle skriva om detta, vad nu alllt detta var och skulle bli. Hon var nervöst nyfiken. Och hon visste att hennes mor inte kunde vara inblandad i vad det nu var, det som var.

Rösterna försvann med upphovsmännnen och jag pustade ut. Det hade just varit snyggt att bli upptäckt som en onykter peeping Tom, kravlandes runt på alla fyra i sta´ns största bordell. Eller vad var det för soppa som jag hade hamnat i? Jag bestämde mig för att undersöka saken närmare. Men först måste jag hitta en toalett. Skynket som jag hade stått bakom gömde en spiraltrappa. Jag gick tyst på tå ner för trappan som ledde ner till ett kombinerat förråd och bevakningsrum. Tunnor med vin och konjak och flaskor med champagne stod längs väggarna. Mitt i rummet stod det ett jättestort skrivbord med en massa övervakningsmonitorer på. Satte mig i läderfåtöljen som stod inbjudande framför bordet och beskådade de sex monitorerna.

Sex monitorer, sex rum. Sex små rum med varsin jättesäng med sidenlakan och jättekuddar. Rummen var färgade i guld, rött, marinblått och svart, och över allt detta strålade pettingbelysningen med löfte om paradiset. Rummen var så gott som tomma, utom två. I det första rummet såg man två nunnor lägga en skäggig munk på en sidenklädd sänghimmel. De klädde av honom och band fast honom med läderremmar. Där låg han nu med ben och armar fastlåsta vid sängstolparna och såg ut som ett Andreaskors, fast köttigare.

I det andra rummet såg det ut som om kvinnan var besläktad med Markis de Sade. Klädd i lack och läder och med sylvassa stilletklackar tryckte hon ner en äldre man till golvet. Mannen låg på magen och med rödrandig rumpa skrek han att han skulle vara en lydig pojke och att han skulle göra allt vad Madame X ville, bar hon slog lite till. Madame X (som visst var hennes alias) höjde piskan och snärtade till så hårt så att mannen skrek i falcett. Mannen som låg och vred sig på golvet var också utspökad i läder och nitar. På huvudet hade han en läder huva. Han vände sig på rygg och visade upp något errigerat som liknade en snopp, fast mindre. Madame X grenslade honom och båda stönade ut i vällust. Här skulle normalt funtade personer stängt av monitorn och låtit dem vara ifred i nöd och lust tills döden skiljer dem åt. Men som den kreativa konstnär och kåtbock man är, så fluktade jag vidare, inte för att jag skulle lära mig något, men ... vafaan ...

Efter mycket stönande och pustande så reste sig härskarinnan och slaven på sig, rättade till kostymeringen och gick. De gick in i något som verkade vara en liten skrubb, men det var det inte, det var ett omklädningsrum med dusch. Man hörde mannen gnola på något bekant, men jag kunde inte komma på vad det var. Några minuter senare kom de ut, kommunalrådet Olle Pamp och Riksåklagare Helga Gump.

Jag satt som förstenad i läderfåtöljen och kippade efter andan. Jag trodde inte mina ögon. Ett kommunalråd som alltid gått ut med att " vi måste få mer moral och etik i samhället! Och då måste vi, vi politker föregå med gott exempel" slut citat, hade själv slängt allt vad moral och etik hette i garderoben och givit sig hän åt snusk och synd, och det med allas våran moraltant Riksåklagare Helga Gump. Hon som satt som styrelseordförande för "kvinna och ej sexobjekt" och som hade kämpat för att få bort prostitution och sexklubbar. Hon som hade varit de kåta männens skräck nr:1. Pedofiler, våldtäcksmän, patrask, porrkungar och torskar hade hon spärrat in på livstid utan att ens blinka. Hon var kvinnornas kvinna och hon hade blivit utnämnd i kvällspressen som kvinnornas Don Quijote. Om detta skulle komma ut så lär hon få slåss mot värre motståndare än väderkvarnar. Här satt jag med världens grej och önskade att Maja Gräddnos också hade varit här och sett detta, vilket scoop.

Medan jag satt och tänkte på det jag hade sett så kom en tanke av tvivel. Vem skulle tro på mig? De skulle förneka allt, och deras ord mot en fantiserande och inte riktigt nykter konstnärs ord skulle nog allt väga tyngre. Jag måste skaffa bevis, för här hade jag världens chans att rädda Sture och Anna-Tina från vräkning. De skulle kanske trots allt få behålla sin skola. Om jag bara kunde...

KOMMISSARIE REDLÖS OCH HANS P.I.T.T

Kommissarie Redlös var eldröd i ansiktet och han slet i sitt lika eldröda hår. Visserligen fanns det inte mycket att slita i, men det som fanns försvann snabbt som tovor i kommissariens händer. Han hoppade och skrek, snurrade runt och stampade i marken. Journalisterna som nu hade vågat resa sig upp, plåtade och skrev för fullt. En journalist skrev " kommissarie Rediös har totalt tappat kontroll över de väpnade styrkorna och beter sig som ett redlöst fyllo som dansar krigsdans medan ambulanserna går i skytteltrafik." Och en annan skrev " När man nu har sett polisen i aktion så vet man att Sverige aldrig kan bli en polis stat. "

Kommissarien kröp nu på alla fyra i jakten efter sin walkie-talkie. Han hittade den efter en stunds letande i en myrstack. Efter att ha sprattlat av sig ett hundratal myror så kallade han samman vad som fanns kvar av hans P.I.T.T. Det blev sex stycken som hade de fem sinnen fortfarande i funktionellt bruk, och med kommissarien så blev de ju sju. Kommissarien tittade på "de tappra få" med nostalgin hängandes i ögonvrån. En tår av lycka sipprade fram när han såg på dem och han kom att tänka på Shakespears Henrik den V, scen tre, (vid det Engelska lägret). " Blott vi haft här en tiotusen man av dem i England som intet gör idag! Kungen: Vem önskar det? Ni, kusin Westmoreland? Ånej kusin, är vi dödmärkta blir det nog med män vårt fosterland förlorar; får vi leva -ju färre folk, dess större blir vår ära. Ske som gud vill, men önska ej fler! Jag fikar inte efter guld, vid gud! Vad gör det vem som lever på min bekostnad, hur många som går kring i kungens rock? Det där är yttre ting jag aktar föga, men är det synd att fika efter ära är jag den syndigaste själ som finns. Inte en karl från England till, min kusin! Så mycket ära vill jag ej mista som en man till skulle få dela med mig. För allt ser hoppfullt ut och vi har nog."

Kommissarie Redlös torkade tårarna och svingade sin knytna näve och skrek:

-Vi få! Vi tappra få! Och den som är med idag och sen blir gammal bjuder var årsdag sina grannar till sig och säger: Det är St: Rediös dag i morgon och kavlar upp sin ärm och visar ärren .Sankt Rediös dag fick jag dem, säger han. När allt annat glöms skall han dock minnas oförglömligt slagen han slog idag, och då ska våra namn stå i hans mun som hemmets vardagsglosor; kommissarie Rediös, konstapel Svantesson, Gustavsson, lillstrimma Johansson och bröderna Lindkvist ...

"The lucky few" tyckte inte alls att de var så himla lyckliga, och vad kommissarien sen hade dillat om hade de ingen som helst aning om ."Vi ska minnas denna dag?" Vem fan ville minnas denna dag som hade blivit den största förödmjukelse för det svenska polisväsendet sen Palme mordet. Poliserna tittade villrådigt på varandra och skakade uppgivet på axlarna.

Med svärd... batongen i högsta hugg beordrade Redlös "the lucky few" att genomsöka skolan efter dessa otäcka terrorister som hade satt honom i denna pinsamma situation. Denna gång utan skjutvapen, gasmasker och skyddsytrustning smög de iväg med dragna batonger in köksvägen och blev dränkta som katter i ett badkar. Maja gräddnos hade fallit för det och nu hade poliskåren fallit för det äldsta vattentricket i världen som vilken liten skolgrabb skulle ha anat sig till. En hink vatten uppe på dörrkanten. Kommissarien suckade och önskade att allt bara var en dröm och att han snart skulle vakna upp på kronborgslott och kyssa Hamlet god morgon.

Under tiden så hade Krösus Vramberg och Co vaknat upp och lämnat drömmarnas rike. Verkligheten var dock något mer förvirrat. Alla sprang runt i det lilla rummet och letade efter Pascal och fröken Gräddnos.

- Attans Pascal! Nu har han lurat iväg Maja på något erotiskt äventyr, den snuskhummern, grymtade Krösus som mycket väl visste att fallet kunde vara så. Han hade varit med förr.

-Nu ska vi inte dra några förhastade slutsatser min käre vän, svarade Ture medan han böjde sig ner och kikade under sängarna. Allt han såg var dammråttornas förtvivlade dödsdans när han andades ut nattsömnen med en andedräkt som i liknelse till Belgisk kadaverslam skulle förbjudas av F.N.

Anna-Tina däremot var ovanligt levande. Hon dansade, (en sommar) visslade och gnolade, trallade och var glad som en nypippad f.d. ungmö. Anna-Tina hade haft en erotisk dröm och skvätt ner lakanet så att Ture hade vaknat och bytt säng. Krösus Vramberg hade däremot inte haft någon erotisk dröm, det hade han förvisso inte haft sedan den dagen då hans kvinnliga bilskolärare ville visa honom hur man hanterade växelspaken som en man. Krösus rös till när han tänkte på saken och kände Petter-Niklas krympa ihop till ett liten skrynklig prinskorv. Anna-Tina var den som till sist hittade lönngången under sitt trippande med dammtrasan som hon pockade och pickade med. Till sist hade hon kommit åt att vrida till lite på kroken som dolde gången, och vips så, sesam öppna dig!

Anna-Tina stod och tittade förundrande på lönndörrren som om hon aldrig hade sett en sådan förr. Och det hade hon ju inte heller. Ture som var en modig man plockade åt sig en ficklampa och fyllde byxfickorna med tillhörande batterier. Gick sedan in genom den hemliga dörren och sade åt de andra att de skulle göra som han och följa efter. Nu fanns ingen återvändo ... om man inte vände om vill säga.

Ture tog täten med ficklampan i ena näven och en flaska Dom Perignon i den andra och tio ave Maria på tungan . Krösus Vramberg som inte tillhörde världens modigaste män erbjöd sig att stanna kvar och vakta grejerna. Ture hade svarat med "vilka grejer?" och så trippade de iväg alla tre som i Enid Blytons "fem jagar en skatt". Visserligen var de inte fem, men så hade de ingen hund heller, så det jämnade ut sig.

SÄPO MUNKAR OMRINGAR KLOSTRET

Under tiden så hade chefen för SÄPO, Hairlock Brylén placerat ut sina mannar runt klostret. Vid hans sida satt Major Willem den III af Leverkusen i full paraduniform, på hästen Djävlar Anamma. Hairlock tyckte inte att Majoren passade in i miljön, varken med uniform eller med en häst med namnet Djävlar Anamma, framför allt inte framför ett så anrikt kloster som Vallmokloster, och speciellt inte när hans mannar med rakad hjässa var sött utklädda till munkar. Bryléns order löd att så diskret som möjligt lösa denna delikata uppgift, och att stoppa en bordellverksamhet som han som en i Jehovas vittnen aldrig skulle ha vågat drömma om existerade. Men nu gjorde den det och han visste att han måste lösa denna delikata uppgift smidigt och med så lite uppmärksamhet som bara möjligt.

Själv höll jag på att pissa på mig. All whisky hade runnit ner till de nedre regionerna och ville ut. Jag hittade en halvfull papperskorg gjord i lättmetall och sedan var den inte halvfull längre. Riste tre gånger i "Guds gåva till kvinnan" och slängde sedan in härligheten i byxan och drog upp gylfen. Klar, redo att rädda mänskligheten igen. Om inte hela mänskligheten, så iallafall skulle jag göra ett försök att rädda Ture och Anna-Tina från vräkning. Räddningen verkade ligga i en Gustaviansk byrå gjord av möbelsnickaren Georg Haupt. Visserligen var de sex byrålådorna låsta, men en skruvmejsel kan göra (och gjorde) underverk. Där låg sex video-appareter, en i var låda och två av appara-terna var igång. Jag tryckte på stop och eject på de båda apparaterna och plockade till mig de två banden varav ett var fullt med smarrig klosterproducerad hård porr. Gick sedan på lulliga ben för att hitta rätt väg tillbaka till de andra. För ovanlighetens skull så gick jag fel. Kom till något som såg ut som en japansk dojo. Rummet var en li-ten gymnastiksal fast med en judomatta på golvet. På golvet satt flickor klädda i kimo-nos och mediterade. Givetvis hann judoin-struktör Geisha Johansson få syn på mig i dörröppningen innan jag han smita iväg.

- Sensei! Ni är ju inte ombytt! Är ni sjuk? ropade Geisha Johansson och bugade så djupt så att hon slog pannan i knäskålar-na.

- Öh?, jag?... nej?...

- Vi mediterar, så du kan gå in och byta om under tiden.

- Öh, Jaha?... vart då?...

- Det märks att du inte har varit här förut. Dörren till vänster, borta vid karatepinnarna, sade Geisha Johasson med stolt och manlig bas röst.

Förvånad över att ha blivit utnämnd till mästare gick jag fel (igen)och kom in i flickornas omklädningsrum. På väggarna hängde en fotoutställning av fröken Julie. Fotografier av kvinnor i uppfläkta kimonos och i olika ställningar med ben och armar kors och tvärs. Av alla närbilderna att döma så måste fotografen antingen vara närsynt eller lesbisk. Geisha Johansson kom in och tog mig på bar gärning där jag stod med en Behå kupa D i handen. Hon fnissade och sa att det var hennes och att jag hade gått fel. Själv så svarade jag med lätt rodnad att jag hade förstått det. Geisha Johansson visade mig till rätt omklädningsrum, plockade fram en kimono som var några nummer för stor. Jag hade förklarat för Geisha att jag hade blivit av med min packning på tåget hit och att det skulle vara bra om de hade en kimono till låns. Nu efteråt undrar jag om det var så bra.

Smått berusad, och med en allt för stor sparkdräkt, snubblade jag ut till (trodde jag) allmän beskådning. Ingen, ingen såg eller verkade bry sig om mig där jag gick och snubblade fram med whisky dränkta ögon. Tjejerna var alltför upptagna med att kasta och hålla fast varandra på mattan för att lägga märke till mig. Jag satte mig ner vid kanten av mattan och beskådade amazonerns kamp. Med lite gyttja så hade showen varit complete. En liten tanig rödhårig tjej gick efter en stund fram till mig och bugade djupt. Jag reste på mig, sträckte fram högra handen för att hälsa och två sekunder senare låg jag på rygg. Under andra omständigheter skulle jag inte alls ha haft något emot att bli lagd på rygg av en rödhårig kvinnlig skönhet, som sittandes på mitt bröst höll fast mitt huvud mellan sina lår, men nu kändes det bara pinsamt. Hörde Geisha Johansson mumla något om att jag hade åkt på ett kast som hette Morote... mummel mummel ... någonting, innan jag svimmade.

Kommissarie Redlös och hans "tappra få" hade efter mycket möda och stort besvär hittat jordkällaren och även ekfatet med järnkorset på. De hade stått och begrundat detta ekfat som de tyckte såg mycket besynnerligt ut med sitt kors. Och vad gjorde det i en jordkällare som tillhörde en skola? Ja, frågorna var många, men de fick inte ett enda svar. Av en slump så hade de hittat lönn-öppningen efter det att de `"tappra få" hade ställt upp sig för fotografering framför ekfatet, och efter att en konstapel fallit baklänges av en bländande blixt från kameran. Kommissarie Redlös jublade av glädje. Gav order hit och dit, skrek "följ mig mina tappra få! Nu djävlar ta´r vi de satans asen!", och så begav de sig in i mörkret, vaggande och på led som ankmor med ungar på väg ner till sjön.

ÄNGLA MUSIK

Krösus Vramberg, Ture och Anna-Tina stod i klostrets kärna. Självaste altarrummet, det heligaste, där de höll gudstjänst och nattvarden. Ett jättestort guldkrusifix hängde ovanför altargången och det stora massiva altarskåpet var förgylt med skulpterade bibel och helgongestalter. Längre bak i korrummet klängde en magnifik 1700-tals orgel som med sina mässingspipor lockade till musik längs väggarna. J.S Bach hade, om han hade varit här, blivit stum av beundran över detta fantastiska instrument. Men nu var han inte här, så varför hålla på med en massa dösnack. Så låt oss gå vidare, var var vi? Jo...

Krösus , Ture och Anna-Tina stod förstummade av all den prakt och härlighet de befann sig i.

-Det här måste ha kostat multum, sade Ture och såg sig häpet omkring.

- Jo, jo det måste det säkert ha gjort. Vart har de fått alla pengar ifrån? Testamenten? Gåvor? Det finns ju konstskatter för flera hundra miljoner här. Ekonomiminister Vramberg räknade på fingrarna men fick inte ihop det. Det fick han inte heller med sin egen momsdeklaration.

Ture som saknade sin bastuba gick fram till den höga och imponerande musikkatapult som vi vanliga dödliga kallar för kyrkorgel och smekte tangenterna, varligt, ömt, som om de vore gudomliga som Afrodites bröstvårtor. Ture stod där lika imponerad som Jack säkert var över bönstjälken. Han viskade något i örat på Anna-Tina som nickade jakande och gick in i ett litet rum. Sedan satte Ture sig framför orgeln och började dra och vrida på spakar och knappar. Det knastrade till i ett högtalarsystem som var av anno 1995 och sedan brakade HELVETET loss.

Ture hade fått igång orgeln och spottade ut "air" i luften medan Anna-Tina (som är tondöv) spottade i mikrofonen ut något som skulle likna ´O soave fanciulla´ ur La Boheme.

Det dånade i hela klostret. Ture som var van vid bastubans basgångar, klämde i med allt vad bas orgeln hade och förmådde, och han njöt som ett litet barn som diar sin mor. Krösus Vramber däremot njöt inte alls som ett barn där han stod och höll sig för öronen. Anna-Tina var däremot lycklig över att ha funnit spruckna Ciss i sin skala som i vanliga fall sträckte sig från strukna A till allt annat som också var struket. Eller iallafall borde vara struket och förbjudet för mänskliga öron. Och nu lät det i hela kyrka! Och som magnum bonum så började kyrk-klockorna att dåna som om jordens undergång var nära. Det var (om man får använda uttrycket) ett HELVETISKT väsen och inte blev det bättre av att tjugo kvinnor i sparkdräkt stormade in och skrek efter någon japan vid namn Banzai. Efter dem kom syster Josefin, och sedan kom syster Anna med en skock Albaner som sjöng på en svensk folkvisa: lalala, sociala betalala, lalala, so ci ala be tala laaaaa... Och efter dem kom Maja Gräddnos inkrypande på alla fyra kopplad som en hund. Hon var klädd? i, bysthållare och trosor gjorda av läder och nitar. Ett koppel var fastsatt runt hennes söta hals. Svarta piratstövlar smekte hennes välsvarvade ben. Ett betsle med en röd boll var instoppad i hennnes lilla röda pussmun. Och bakom allt detta stod Abedissan Beatrice Agrippia med tagelpiskan i högsta hugg.

- Grip dem allihop! och lås in dem tillsammans med munken, han blir säkert glad över lite sällskap. Morrade Agrippia . Och här, ta hunden med er! Hon lämnade över kopplet med Maja Gräddnos till Krösus Vramberg som fortfarande stod och höll sig för öronen.

Krösus Vramberg tog tveksamt emot kopplet, han hade aldrig, aldrig hållit i ett hundkoppel förut, iallafall inte ett som var kopplat till en kvinna. (Krösus gillade inte hundar, tyckte de var ointelligenta dumma djur som jagade efter bollar och pinnar till ingen nytta. Vad han tycker om fotbollspelare och stafettlöpare är det ingen som vet.)

- Och få tyst på den förbannade mistluren med sin organist! Skrek Agrippa till sina Svansjö dansande kamikaze ballerinor som raskt trippade iväg för att bana väg för änglakören, medan hon själv undrade var i helv... Geisha Johansson höll hus.

Geisha Johansson var upptagen. Mycket upptagen med att i omklädningsrummet försöka få liv i Pascal med mun mot mun metoden. Hon gick verkligen in för sin uppgift. Hon blåste och stönade, läppar mot läppar, ett tag kom hon av sig helt och stoppade in sin tunga långt ner i Pascals strupe. Hon brydde sig inte om att Pascal började kvickna till, utan fortsatte mer och mer ettrigt med sina läppar som blev mer blöta och mer likt kyssar i ett passionsdrama, än ett upplivningsförsök. Hon hade tagit av Pascals kimonojacka, och nu smekte hon det hårlösa bröstet med tankar om svunnen passion. Hon gned nu sina bröst mot hans och tänkte på sin forne älskarinna, OS-medaljösen i kula, ryskan Olga

Prutnik. Geisha flämtade till högljutt och märkte att hon hade lämnat en blöt pöl på Pascals mage. Hon märkte även att hon låg ovanpå en Pascal som hade tuppat av igen.

Säpo chef Hairlock Brylén som nästan hade skitit på sig när orgelmusiken och kyrkklockorna hade satt igång, gav snabba order. När han hade hört misshandeln av en stackars kvinna (som råkade vara Anna-Tina när hon tog höga Ciss) så hade han trott att de höll på att ta livet av hans infiltrerade spion. Så Hairlock beordrade en snabb tyst (helst smygandes med mockasiner på) stormning av byggnaden för att rädda både bevismaterial samt hans älskade spion. Han önskade att han hade en säng.

Kommissarie Redlös tänkte helt annorlunda. När han fick ljudmassan upptryckt i nyllet så trodde han att "nu djävlar slänger terroristerna bomber!" Och så hade han beordrat sina mannar att slänga sig ner och ta skydd. Efter att en ur "de

138

tappra få" känt igen musiken från sin barndom då han var tvingad av sin moster att öva klassiskt piano, så drog de sig sakta frammåt, blötare och skitigare men med livet i behåll. När sedan kyrkklockorna satte igång och Anna-Tina hade klämt iväg spruckna C, så trodde Kommissarien att terroristerna höll på att våldta och misshandla de fromma nunnorna. Sådant får ej ske i konungariket Sverige, tänkte han och drömde sig bort till riddarna kring runda bordet och kände det kalla stålet från Excalibur i sin hand. I verkligheten så hade han stött på dörren in till klostret, som var kallt, vått och öppen? Komissarie Redlös öppnade försiktigt dörren på glänt och kikade in. Ingen där. "Är det någon här?", viskade han och glodde in i rummet där Pascal och gänget hade varit ett dygn tidigare. Med dragna batonger undersökte de rummet utan att hitta en enda terrorist. Lönndörren stod öppen och den hemliga ingången, som nu inte var så hemlig längre, stod där lika utmanande som en åsneröv, mörk, kall och fuktig.

Kommissarien lät sina "tappra få" gå in först medan som han sa: "Gå ni, så håller jag reträttvägen fri om det skulle krisa till sig." De tappra få undrade vad komissarien menade med "om det skulle krisa till sig". Allt hade ju varit en enda stor kris och katastrof från första stund, vad mer kunde egentligen gå fel?

Kommissarie Redlös sökte med sina mannar igenom rum efter rum i jakten på dessa samhällsomstörtande terrorister som varken brydde sig om de lagar eller de regler som gällde för ett civiliserat samhälle eller för andras ägodelar. Stolt döpte han uppdraget till: Operation storsläggan.

Rum efter rum genomsöktes och efterlämnades sedan i ett tillstånd som om det varit Khartagos förstörelse.

Säpo chef Hairlock Brylén hade efter mycket möda och stort besvär tillsist fått ta till sju handgranater (efter mycket tjat från Willem III af Lewerkusen) för att få upp den stora träporten. Av klosterporten blev det bara brasved. Hairlock tyckte inte om när det small, hans svaga nerver hoppade kråka i honom och så fick han spasmiska ryckningar i ansiktet. Att han var rädd för hög volym och smällare hade sin start i barndomens barnkalas. Det var när han skulle till att fylla fem år och hans mor hade bakat honom en jättetårta. Kompisarna stod där med presenter och ballonger i händerna och han var jättelycklig. Lycklig ända tills han skulle blåsa ut de fem ljusen på tårtan då grannpojken, en liten, knubbig, fräknig slyngel vid namn elake Fredrik stack hål på sin ballong, och alla andras med för den delen så att Hairlock tappade balansen och landade med ansiktet rätt ner i tårtan. Med ballong explosioner och en lillsyrras skärande skrik i öronen och vispgrädde hängande i nyllet hade Hairlock sprungit och gömt sig under sin säng. Så när åskan går eller när han fylller år så ligger han och trycker under sin säng. Med tiden så blev det jobbigare ju äldre han blev. En gång när hans arbetskamrater kom in på hans kontor och skulle fira hans fyrtiotreårsdag så hade de hittat honom gömd under skrivbordet. En som däremot gillade att det dånade och small, var Major Willem den III af Leverkusen. Han hade njutit sju gånger på bara trettio sekunder. Och för att vara säker på att få en riktigt njutfull stund så hade han också plockat med sig ett raketgevär. Hairlock hade inte begripit vad han skulle med det till. "Ska du skjuta obeväpnade kvinnor och barn med den där?", hade han frågat men bara fått en grymtning till svar. Hairlock hade beordrat sina syltade munkar att rycka frammåt och inta fiendelägret, men att det skulle göras så tyst och lugnt som möjligt.

Geisha Johansson gjorde däremot inget tyst och lugnt i sin framryckning mot ljuva orgasmer. Hon hade fått av våra kläder, och naken hade jag blivit bortsläpad till judomattan, där hon tyckte att vi skulle ha erotisk brottning. Jag tyckte att vi kunde sätta oss ner och prata om saken som vuxna förnuftiga människor. Hon fnittrade och tyckte att jag var rolig. Själv tyckte jag att hon inte alls var rolig när hon tog mig mellan benen och lyfte mig högt över hennes huvud (har jag nämnt att jag är flygrädd). Hon snurrade runt med mig några varv och sedan slängde hon mig i en båge så att jag landade fem meter utanför mattan. Sen slängde hon sig själv med särade ben och sina nittio skålpund fläsk sig rakt över mig. Geisha Johansson red som besatt, ylade som en varg och flaxade med armarna som en trana, en trana på väg att lyfta och sväva fram bland molnen. Men med Geisha Johanssons dövikt skulle inte ens en lyftkran ha fått henne att sväva, men i sjunde himlen var hon visst. Iallafall så var hon inne på sin sjunde orgasm, det märkte man på lårens och höfternas sammandragning, jag blev blå. Själv var jag nu inne på mitt sjunde avsvimmade tillstånd. Det enda stånd jag ville vara i.

KLOSTERKÖK OCH FALUKORV

Under tiden hade Kommissarie Redlös och hans mannar gått och hittat klostrets kök och dess chef Belladonna Gustavsson. Hon hade suttit och snarkat högt på en pall som knappt syntes för att hennes rövhalvor omslöt den som en boaorm om sitt byte. Hon var enorm. Och när hon vaknade av att "de tappra få" stormade in på hennes revir så hade hon plockat fram brödkavlen och glömt allt vad de tio budorden stod för. Hon vevade runt med brödkavlen mot inkräktarna som den värsta släggkastare. Tre av "de tappra få" stöp med en gång. Kommissarie Redlös jagades runt köksbordet med en präktig bula i bakhuvudet. Det som till slut golvade Belladonna Gustavsson var en stekpanna från hennes egen vapenarsenal. Kommissarien satte sig ner och pustade ut. Vad fick man inte stå ut med för att slå vakt om rikets säkerhet. Efter att ha bundit fast Belladonna Gustavsson vid gasledningen till spisen så rotade de igenom skåp och lådor efter bevis på illegal verksamhet, vad de fann var mat och dryck. Massor av mat och dryck. Där fanns kyckling, duva, fasan och andra bevingade godsaker. Och öl. Massor av öl, kloster öl.

Klostrets världsberömda `super light heaven ale´ på hela 9,7 vikt %. Efter en halvtimmes ockupation av köket var "de tappra få" omdöpta till "de gödda och berusade få". Asberusade tog de den redlöse Kommissarie Redlös under sina armar och vinglade vidare med drömmar om tapperhetsmedaljer, rikedom och ära. Visslande på "God Save The Queen" trippade de iväg mot klädförrådet.

Föreståndarinnan för klädförrådet Chanel Frigidén, svimmade när hon såg att de berusade som kom emot henne var av djävulskt kön, nämligen det manliga. Hon avskydde allt som hade med penis ägare att göra överhuvudtaget: Katter, hundar, apor eller hingstar, det spelade ingen roll, hade de penis så var det djävulens påfund, sen att det stod i bibeln att " först skapade Gud mannen ...", tolkade hon som om att Gud först använde mannen som provexemplar och att han sedan korrigerade sina fel och skapade kvinnan. Iallafall så låg hon på golvet avsvimmad när Kommissarien i sina rusångor kom med vad han tyckte var ett förtjusande förslag och ett strategiskt steg i krigföringen. De skulle alla klä ut sig till nunnor. "fyllona få" fnissade och började klä av sig. Chanel kvicknade till och såg de nakna männen med sina lemmar som hon tyckte såg ut som likmaskar, sökandes efter jungfrulig oskuld som t.e.x. hon själv. Hon svimmade igen och hade mardrömmar om fäbodjäntors jakt på falukorv.

Falukorv var under rådande omständigheter det sista Maja Gräddnos skulle ha i åtanke. Att bli inlåst och iklädd i så gott som bara behå och trosor (av läder) med ett gäng tondöva anarkister och en tjock bedjande munk, tyckte Maja inte tillhörde det mest erotiska hon hade varit med om i sitt liv. Maja slängde bort munken från sängen så att hon kom åt att sno sidenlakanet runt sin välsvarvade kropp. Hundkopplet hade kvinnotämjaren Vramberg kopplat bort och hotat munken med om han inte slutade upp med att böla som ett litet barn. Ture hade (i ett saglande tillstånd) i sin tur erbjudit Maja hjälp med att få av henne, vad han kallade för "den rysliga och motbjudande kvinnoförnedrande outfit". Med det menade han hennes behå och trosor. Anna-Tina hade då harklat sig lite och trummat Ture nätt på ryggen med en sak som hon hade hittat på en hylla i detta vad hon kallade "ett charmerande rum". Ture hade i sin tur vänt på sig och slutat sagla då han fått se Anna-Tina stå med ett sadistiskt leende med den nio svansade katten höjd i högra handen. Ture satte sig på sängkanten, kallsvettig. Maja Gräddnos hade också satt sig, likaså herr Vramberg. Munken, vår egen Benedictus Bacchus hade slängt sig raklång framför Anna-Tina (som var den ende som stod upp) och med naken hårig ryggtavla skrikit åt henne att hon skulle prygla skiten ur honom. Eller så skrek han att hon skulle slå ur honom sina synder och rena honom så att han skulle slippa skärselden.

Skärselden var bara en fnysning gentemot Geisha Johanssons erotiska fantasier.

Efter en våldsam ritt, ville hon nu bli bunden och piskad. Själv tyckte jag att det var en utmärkt idé. Jag letade upp ett par hopprep som låg slängda i ett hörn och sade till fröken kåtbock att gå bort till de romerska ringarna. "Ja mästare", sade hon och trippade bort medan orgasmerna rann längs hennes lår. Själv suckade jag, och med tungt huvud och med blicken riktad mot golvet gick jag mot vad det verkade, min befrielse. Varför var jag då inte lycklig? Varför var jag inte överväldigad av lycka och glädje av att snart vara av med denna brunstiga elefanthona? Var det för att jag mer kände mig som en krossad lus? Iallafall så tog jag och band fast Geisha `nymfomanen´ Johansson i de romerska ringarna. Där stod hon nu med särade armar och ben som ett sankt Andreaskors, flämtande, flåsande och bad mig att piska hennes akter. Jag hissade upp henne i taket och gick därifrån. Med darriga ben gick jag och letade upp mina kläder. Videokassetterna låg kvar i fickan på min tunna sommarrock, så ett litet smil på läpparna kunde jag unna mig fast kuken värkte som om den hade blivit doppad i salpetersyra. Det kanske den också hade blivit, och det då tillsammans med steroider och ryssfemmor, gin seng och rökelse; ett hopkok av herrar Molotov och Kalasjnikov.

En Molotov och en Kalasjnikov var exakt vad Major Willem den III af Leverkusen (för tillfället) var beväpnad med när han i full galopp forcerade spillrorna av klosterporten. Säpo munkarna fick slänga sig in mellan bänkraderna för att inte bli ihjältrampade. Säpochef Hairlock Brylén stod som förstenad och fattade inte riktigt vad som höll på att hända. Visst hade han beordrat en lugn och tyst framryckning, visst hade han? Han stod där med spasmiska ryckningar i ansiktet och såg att det här inte skulle bli så lugnt och tyst och diskret som han ville att det skulle bli. Han ryste i kroppen och kände att han så fort som möjligt måste få tag i en säng.

Pascal önskade också en god varm skön säng, men att ligga i och inte under, men han hade inte tid, han måste hitta de andra. Efter mycket om och men så kom han till rummet där han hade tagit video-kassetterna. Han slog på samtliga monitorer och fick se Vramberg och gänget i ett rum tillsammans med en munk som piskade sig själv. I ett annat rum som såg ut som ett kök såg han en kvinna som var dubbelt så bred över aktern än vad Geisha Johansson var. Hon höll på att demolera en gasspis medan en blek ryttare på en vit häst trampade runt bland krossade ägg och vetemjöl. I en annan monter såg Pascal några nunnor smyga omkring med ståfräs. Ståfräs? Hur i helvete hängde det ihop? Allting gick upp för Pascal när han fick se Kommissarie Redlös i nunnekläder och med batongen hängande mellan benen. Pascal kliade sig försiktigt i skrevet och skakade på huvudet. Han måste skynda sig att befria de andra, för det här såg absolut inte ut att sluta bra.

En som absolut inte mådde bra var Geisha "Andreaskorset" Johansson. Hon mådde inte bra av att hänga i de romerska ringarna. Taket mådde säkert inte heller bra av att bära upp onödigt tonage. Hopprepen hade skurit in i hennes handleder och med den vikten så var det ett under att de fortfarande höll. Så där hängde hon som en styckad gris och skrek som en sådan också när riddare Willem den III af Leverkusen kom sättandes med sabeln i höggsta hugg. Geisha skrek ännu mer när hon såg den mjölvite ryttaren på sin blek-äggulahäst. Och mannen som satt på den trodde hon var döden och att dödsriket följde med honom. Visst hade hon syndat. Visst hade hon syndat i en av Herrens boningar, men att detta skulle bli straffet det hade hon inte ens i sina mest perversa drömmar någonsin kunnat föreställa sig. Hädanefter skulle hon bli en from nunna och följa den här mannen med högt buret huvud, så även om det skulle bli hennes död. Willem den III högg sönder repet som höll uppe både de Romerska ringarna samt Geisha

Johansson. Hon dråsade ner från tio meters höjd och landade fint där bak på hästryggen, det var bara det att nu var det hästens tur att dråsa ihop. Jävlar i mej så dog "Djävlar anamma" på fläcken. Att konstatera att det var av bruten rygg behövdes det ingen veterinär till. (Och på den blekgula hästen satt ej längre döden, men dödsriket följde honom i skepnaden av Geisha Johansson, orgasmernas moder.)

Inte moder, men syster, vår syster Josefin. Hon höll på att bränna dokument i den öppna spisen medan Abedissan höll på att samla ihop sina juveler ur kassaskåpet. Hon hade en gammal Gustaviansk bibel som var urholkad, och däri lade hon sina dyrgripar, medan systrarna från Okinawa förde sitt heliga krig, och det mot de söta små munkarna från Säpo.

Säpo munkarna fattade ingenting där de stod och glodde på en skara tjejer som hoppade och sparkade och viftade med pinnar. Och varför var de klädda i vita pyjamas? Kunde det vara den nya moderna versionen av "så klär sig en nunna av idag?". Var det modevisning? Men varför slåss de då? Frågorna var många och inga svar gavs förutom ett karateslag som golvade chefen för munkgrupp ett, en man vid namn Erling Bolmare.

Och det gjorde det i köket, bolmade av rök. Willem den III af Leverkusen hade tappat sin rökgranat där, när han hade ridit runt i sörjan av mjöl och äggskal och försökt befria nunnan Belladonna Gustavsson från sin plats vid spisen.

Kommissarie Redlös hade inte fått plats alls. Hans nunneförklädnad var minst tre nummer för liten, och där han stod såg det ut som om han var både kåt och havande. Batongen fick inte plats, magen fick inte plats och ändå var han helt naken under allthiopa. Nåja, vad gör man inte för rikets säkerhet. "De tappra få"stod uppställda och klara, vingligt och obalanserat, men ändå. Och under Kommissarie Redlös befäl smög de iväg lika tyst som Tors hammare en stormig kväll.

EN VÄG UT

När jag Pascal, Pascal de Merode öppnade dörren till rum erotica 1, tittade Krösus Vramberg lite surt på mig.

- Var i helsicke har du varit? Vi har ju suttit här i evigher!

- Ni skulle ändå inte ha bytt plats med mig, tro mig, svarade jag med en suck.

- Jag är iallafall glad över att se dig, sade Maja Gräddnos och lät sidenlakanet falla till marken. Puss, kram och honung, salpetersyrornas tid var förbi ... Vi blev avbrutna av att samtliga började harkla sig och att en röst, troligen munkens, sa att det vore nog bäst att komma ut härifrån så fort som möjligt. Jag höll med och berättade vad jag hade varit med om medan vi gick därifrån. (Jag berättade inte alla detaljer om Geisha, p.g.a. Maja Gräddnos, men också för att jag trots allt var avsvimmad en hel del.) Berättade även om videobandet som kunde vara

Ture och Anna-Tinas räddning. Vi skyndade igenom rum, hemliga dörrar och gångar, allt gick fortare för att Maja Gräddnos kunde vägen, hon hade ju varit här förut. (Mina orange färgade pilar såg man knappt skymten av för all rök.) Efter mycket möda och lite besvär så kom vi äntligen fram till lönndörren som gick till "vårt" hemliga rum, det som vi hade övernattat i. Väl inne i rummet så såg vi att vi inte var ensamma. Syster Anna satt och tröstade flyktingbarnen medan de vuxna började skrika: "POLIZIA! POLICE! POLITI! POLITRUCK?", när de fick syn på oss. Hur de kunde få oss att likna poliser är för mig en gåta. Kanske går den Kosovoalbanska polisen klädd i långrock, lädertrosor och munkkåpa, vad vet jag. Men Maja Gräddnos var snabb och svarade tillbaka.

- Nej, inte polizia. Journaliztia, fria ordetzia, demokratzia, Carl Bildzia, Göran Perzzonia, sade Maja och tittade lite tveksamt, först på Kosovoalbanerna och sedan på oss.

Nu stod flyktingarna och tittade på varandra, sedan började de alla att skrika ännu värre än förut. Vi stod och tittade på varandra. Alla tittade på varandra.

- Astrid Lindgren! skrek mistluren Vramberg så högt han kunde medan han pekade på Anna-Tina. Tystnaden blev total.

- Astridzia Lindgrenzia? frågade en skäggig man som höll om ett litet barn.

- Jaa, svarade Anna-Tina tveksamt.

- Pippzia Långstrumpzia? frågade även en liten flicka med gråt i rösten, och med ett pekfinger riktat mot Maja Gräddnos.

- Ja just det! Pippi Långstrump, svarade Maja Gräddnos och satte upp sitt hår i två tottar. Ett jubel bröt ut bland flyktingbarnen och syster Anna grät en smula av glädje.

Jag suckade och bad tomtefar Ture ta ledningen. Han tände sin ficklampa och så begav vi oss iväg genom samma gång som vi hade kommit hit genom. Så där traskade vi iväg mot villavillerkulla, Lilla gubben,

Herr Nilsson och jag, plus alla vi barn i bullerbyn.

Buller var det minsta man kunde säga om situationen i kyrkkoret där Ninja flickorna hade uppvisning i gymnastik. Säpomunkarna retirerade nu bak till sakristian där de byggde barrikader av biblar och psalmböcker.

Efter att Kommissarien och hans "tappra få" hade försvunnit ut ur klädförrådet och förhoppningsvis också ut ur Chanel Frigidéns liv, så hade hon skyndat bort så fort hon kunde till sitt rum. Där var det meningen att hon skulle gömma sig under sängen, men platsen där var redan upptagen av Säpochef Hairlock Brylén.

En som också var upptagen var Villem den III af Leverkusen. Han visste inte hur han skulle bete sig med detta nya problem som han hade fått om halsen. Problemet var Geisha Johansson som var kär, nykär i sin galante bleka riddare. Hon slingrade sina vedstocksarmar runt hans hals och skulle för inget i världen släppa taget om sin prins . Ett tag tänkte Willem den III på att stoppa en handgranat i flabben på henne, men den tanken släppte han fort när han märkte att hon satt som klistrad vid hans sida. Han hasade sig framåt med sin påtvingade packning tills han fick syn på ett gäng munkar som vinglade fram. Han sken upp och trodde att han hade mött de sina, det hade han inte. Kommissarie Redlös sken absolut inte upp när han såg något komma mot honon som såg ut som ett spöke eller som i värsta fall kunde vara hans svärmors ande i jakt på hämnd. I flykten skrek han ut någon order om att de alla skulle bege sig till nödutgångarna, varvid "de tappra få" började leta efter toaletterna. Vad de senare i sitt letande fann, var Ninja flickorna i fullt slagsmål med säpomunkarna. Vad de "tappra få" trodde sig se i sina rusdrycks dimmiga ögon var vita söta änglaflickor bliva våldförda av djävulska män i kåpor. De stormade in med dragna batonger, och med en helvild kommissarie som skrek " DÖD ÅT DE OTROGNA!" så kände "de tappra få" adrenalinet stiga, och vad kunde gå fel när man hade en kommissarie som kommissarien.

När vi kom fram till Ture och Anna-Tinas hus så satte vi oss alla i gräset och pustade ut. Ödeläggelsen var stor. Trädgården såg ut som om den hade varit med om ett mindre krig. Området var öde och tomt. Poliser, ambulanser, journalister och nyfikna var borta. De var säkert på väg till Vallmokloster. Jag plockade fram de två videobanden och överlämnade dem till Anna-Tina och sade att de kanske skulle komma till nytta någon dag. Det var dags att separera och ge sig iväg. Komunalrådet Olle Pamp skulle nog inte i första taget bråka med paret Ahltröm-Ekorre. Krösus och jag stod och diskuterade framtidsplaner medan Anna-Tina gick in i huset med Maja Gräddnos för byte av kläder. Syster Anna följde med in för att låna telefonen. Hon skulle ringa sina "systrar" sade hon, så att hon och flyktingarna kunde få hjälp.

Ture hade erbjudit dem att stanna kvar här på skolan tillsammans med dem, när en fruktansvärd explosion hade hörts borta från klostret och syster Anna visste då att de måste vidare. Vidare till säkrare platser.

Någon säker plats var det då inte Säpo chef Hairlock Brylén hade under Chanel Frigidéns säng. När han såg rök välla in i rummet visste han att han måste iväg. Men vart? Han trevade sig upp på knä och började krypa därifrån. Men röken blev allt tjockare för var meter han kröp. Han visste att i nödsituationer som t.e.x. brand så skulle man hålla sig så nära golvet som möjligt. Så nu ålade han sig fram mot något som verkade vara ett kök. Äggskal, mjöl, hästskit? Men vad var det som väste? Hairlock tog upp sin tändare...

En som verkligen kunde tända en var flamman Maja Gräddnos. Hon stod nu på trappan som mer var som en pidestal än en trapp, klädd i en vit sommarklänning med rosa blommor. Hon såg ut som en brud, nej en ängel. En ängel på väg ner från himmelen för att frälsa oss syndare. Ack vad jag kände för att synda.

Vi stod alla stumma av beundran då Maja bryt tystnaden.

- Får jag skjuts med er?, frågade hon och tittade mot Vramberg som stod och höll på att borsta bort damm och sand från Bentleyn. Vramberg tittade på mig och jag nickade.

- Visst, svarade han, allt medan vattenslangen döpte hans lilla älskling med vatten och såpa.

- Vart ska ni? frågade Maja.

- Ja vart ska ni? undrade också Ture med ena handen i byxficka och den andre om en flaska champagne.

- Här, ta den. Ni behöver lite färdkost, sade han och räckte över flaskan.

- Tack, sade jag. Vi åker troligtvis utomlands ett tag tills allt har lugnat ner sig.

Vramberg vände sig om.

- Utomlands? sade han och blicken pendlade mellan bilen och mig.

- Åka bil vart, frågade han oroligt medan han plockade fram en burk vax .

- Jag vet! hojtade Maja . Vi kan åka till Frankrike!

- Frankrike? mumlade krösus och gned ömt på vaxen. Hade han behandlat kvinnor lika ömt och ödmjukt som sin Bentley så hade han varit pappa vid det här laget.

-Javisst! Varför inte, sade jag med baktankar i huvudet. Visst ska vi till konsten och romantikens huvudstad, PARIS!

Krösus Vramberg suckade.

- Vi skulle gärna följa med er, men här finns så mycket att göra, sade Ture och kramade om Maja. Med oss skakade han hand och klappade oss kamratligt på axeln. Uppe i sovrummet låg Ann-Tina och väntade i sängen. Klädd endast i ett par lädertrosor och med en nio svansad katt i handen.

Kapitel 7

Det blev inget Paris. Bokförläggare Vramberg fick plötsligt bråttom till ett möte med en författare som hade ett nytt manuskript på gång. Ett som han sade "skulle ge klirr i kassan". Jag förstod honom. Av mig har han bara fått mal och dammkorn i plånboken. Men jag kan inte hjälpa att folk hellre vill läsa deckare än ångestfylld poesi.

Maja Gräddnos hade tagit flyget till Paris. Hon skulle leta upp sin mor. Det var nog bäst om hon gjorde det själv, hade hon sagt. Jag hade suckat tungt, men sagt att jag förstod. För hade vi kommit till Paris tillsammans så hade det nog mest blivit en massa pokulerande, och mindre letande.

Så här satt jag nu i min atelje och tyckte synd om mig själv. Jag satte på radion och letade upp P4 där nyheterna hade börjat. De pratade mest om elände och mera elände. När jag var på väg att byta kanal så hörde jag nyhetsuppläsaren säga något om en viss dåre som hade varit på rymmen. En man som trodde sig vara Bellman, men som nu åter var tillbaka på behandlingshemmet: Sankta Maria sjukhus. Jag stängde av radion och tänkte på mitt eget möte med denne lustige man som jag hade suttit och druckit öl med. Ett tag trodde jag att jag hade drömt det, men så hade jag hittat de gamla mynten som han hade tänkt betala ölen med och som jag hade bytt mig till. Lustigt.

Här satt jag och hade det tråkigt, och där satt han. Man kanske skulle åka och hälsa på honom. Kanske få inspiration ... för här var det inte färgglatt.

SANKTA MARIA SJUKHUS

Sankta Maria sjukhus låg i den norra delen av staden. Buss eller cykel? Vädret var fortfarande behagligt varmt så här på sensommaren, så jag bestämde mig för att cykla.

Att cykla från söder till norr betyder uppförsbacke. En enda stor uppförsbacke. Nästan, i alla fall. Svetten rann och klibbade på min rygg där en liten ryggsäck med proviant hängde och dinglade. Och när jag äntligen kom fram till Maria park efter, som det kändes, flera timmars resa, satte jag mig under ett träd för att få lite svalka och för att pusta ut.

Letade fram en pilsnerflaska ur ryggsäcken och njöt. Det blev flera njutningar.

Jag måste ha slumrat till för när jag vaknade såg jag att solen stod lågt på himlen och att min cykel och ryggsäck var borta. På lite ostadiga ben började jag gå mot Sankta Maria sjukhus som låg knappt tvåhundra meter längre fram. Ölen hade visst gjort mig lite berusad. När jag nästan var framme   såg jag två män i vita rockar komma gående mot mig längs vägkanten. De vinkade. Jag vinkade tillbaka och frågade sluddrigt om jag hade kommit rätt. Detta är väl Sanka Maria sjukhus?

- Ja, det är det. Det var bra att vi hittade dig. Kom med oss så ska vi hjälpa dig så att du får vila och nyktra till lite, så kan du prata med doktorn sedan.

- Doktorn? Varför ska jag prata med honom?

- Så, så, nu ska vi inte bråka om det. Följ med här lugnt och fint så ska allt bli bra ska du se, sade den ene vårdaren och tog mig under armen.

Vi kom till en dörr det stod Avdelning C på och där tog en av vårdarna fram en stor nyckelknippa och låste upp den. En lång korridor låg framför oss med många rum på båda sidorna. En dörr som det stod C2 på var öppen och dit föste de mig.

- Så! herr Johansson, vila nu upp er här på britsen så får ni träffa doktorn lite senare, sade en kraftig vårdare med stubbat hår.

- Johansson? Jag heter inte Johansson. Ni har tagit fel. Jag heter inte Johansson. Varför skulle jag heta det? Jag heter Pascal, Pascal de Merode, svarade jag hysteriskt.

- Ja, ja herr Johansson. Och förut var ni Napolen Bonaparte, Frankrikes kejsare. Se! Ni har färgerna blått vitt och rött på er, sade han och peka på mina händer.

- Det är målarfärg. Jag är målare, konstnär; som Vincent van Gogh, svarade jag och visade upp mina händer.

- Vem?

- Vincent van Gogh! Han du vet som skar örat av sig, svarade jag trotsigt.

- Är han också patient här, frågade vårdaren och tittade undrande på mig.

- Nä, men har var lite galen. För mycket absint, kanske. Han sköt sig själv. Men det var förlänge sedan, sade jag och kom att tänka på solrosor och kolgruvor.

- Han skulle ha kommit hit. Vi hade kanske kunnat rädda honom, sade vårdaren och gick.

Kanske det ja, tänkte jag. Om Vincent hade levt idag.

Dörren stängdes och jag hörde en nyckel vridas om i låset. Jag lade mig på britsen och funderade på min situation. De trodde jag var en av deras patienter, en viss herr Johansson. Var det han som hade tagit min ryggsäck och cykel? Kanske. Men hur kunde de ta så fel? Är jag så lik den här Johansson? Nä, allt var bara ett stort misstag, och som skulle rättas till bara jag fick prata med doktorn.

Läkaren och Psykoterapeuten Filippa Johansson parkerade sin gula Corvette stingray cab av 1965 årsmodell på sin privata parkeringsplats på sjukhusområdet. Hon klev ur bilen och rättade till den korta, svarta läderkjolen. Hon bar även en kort svart Chanel Jacket och under den, en vit blus och ingen behå. Ur en svart Chanel handväska tog hon fram en liten spegel och ett kraftigt rött läppstift. Med vana smekte hon på det röda på läpparna och smackade till när hon var klar. Hennes gröna ögon tindrade i spegeln när hon såg på sig själv och det blonda håret som låg i vågor över axlarna och ner en bit över brösten. Brösten var hon extra nöjd med, för de var fortfarande fasta och fina nu när hon var inne på sitt trettiosjunde år. Plastikkirurgi. Hon log. Hon älskade sig själv. Skulle hon diagnosera sig själv som Narcissistisk? Absolut! Hon var ju utbildad psykoterapeut! Och en stolt och bra sådan.

Filippa Johansson satte på sig sina solglasögon och sin breda svarta hatt, rättade till skarfen runt halsen och trippade elegant iväg mot ingången till Sankta Maria sjukhus.

Receptionisten vinkade, och Filippa Johansson gav henne en nick som svar tillbaka. Två vårdare stod och väntade utanför hennes kontor.

- Välkommen tillbaka Filippa. Hur var semestern?

- Jodå, tack bra, svarade Filippa medan hon låste upp dörren till sitt kontor. När hon klev in genom dörren såg hon att de två vårdarna stod kvar vid dörröppningen och stirrade nervöst på henne.

- Ville ni något? Filippa tittade på de två vårdarna som hon hade glömt namnen på.

- Jo, Tödde här tror inte att det är herr Johansson som vi har i förvar, sade Mödde nervöst.

- Klart att vi har herr Johansson här i förvar. Varför skulle han inte vara det? han är ju sjuk, svarade Filippa som började bli nervös över samtalet. Klart att hennes bror Charles Ingvar Johansson satt här i förvar. Något annat var helt otänkbart.

- Hm, jo... det hände något i morse. Det är inte vårt fel. Eller vår avdelning. Men vi ... Jag och Tödde fick höra när vi gick på vårt pass att Johansson hade rymt. Men vi...

- Har Charles Ingvar rymt, skrek Filippa så att gallren i fönstren nästan bågnade.

- Vem?

- Jag menar Johansson. Har Johansson rymt? Filippa gick bort och satte sig ner bakom skrivbordet. Hon trummade nervöst med naglarna mot skrivunderlägget.

- Men vi fångade honom. Jag och Tödde, sade Mödde och sträckte på sig. Han sitter i C2.

- Om det nu är han, sade Tödde tyst i bakgrunden.

- Bra, bra. Låt honom sitta där ett tag och begrunda vad han gjort. Ge honom en lugnande spruta och hämta honom till mig. Ska vi säga om en timme? Bra, då säger vi det.

Tödde och Mödde gick och stängde dörren efter sig. Kvar satt Filippa och funderade på sitt yrkesval. Hade det med släkten att göra. Var det bara hon som inte var knäpp i släkten? Hennes syster, Geisha Johansson hade blivit knäppt förälskad i en viss Major Willem den III af Leverkusen. De hade flyttat till Bayern och öppnat ett bager som hade exploderat på självaste invigningsdagen. Sprängdeg konstaterade polisen. Hennes far gick i kvinnokläder. Hennes mor skrev dikter. Farfar hade visst varit politiker (M). Mormor Julia påstod sig vara oskuld. Och så då hennes bror: Charles Ingvar Johansson. Han som visste hennes hemlighet. En hemlighet som inte fick komma ut.

PASCAL MÖTER PIPPA JOHANSSON

En vårdare stod och ruskade liv i mig. Jag måste visst ha slumrat till en stund. Jag satte mig upp och kände mig totalt borta. De gav mig en spruta. Varför ska jag ha en spruta? Varför behöver jag som känner mig lätt som en fjäder en spru...

En känsla av att sitta på lätta moln infann sig. Såg färger som i ett kaleidoskop. En skön värme spred sig i kroppen och ett lugn kom över mig. En känsla av lycka och odödlighet; jag flög upp till Olympen; till de andra Gudarna.

- Sätt honom här! Här i fåtöljen, sade Filippa johansson, och pekade på en sliten fåtölj klädd i brunt Manchestertyg. Själv satte hon sig framme på skrivordskanten och betraktade främlingen som vårdarna hade släpat in. Vem fan är du, tänkte hon.

- Ja, god dag! Jag heter Filippa Johansson och är terapeut här. Och vem är du då? Vad gör du här?

- Pippa Johansson, sade jag och fnitt-rade.

- Förlåt. Vad sade ni?

- Heter ni Pippa Johansson, frågade jag och fnissade som en liten skolgosse.

- Nej! Filippa. Och vem är ni.

- Jag skulle bara träffa Bellman, sludd-rade jag fram.

- Bellman? Här finns ingen Bellman. Är ni riktigt frisk eller. Har en doktor Bellman skickat hit er. Har ni en remiss med er. Vem är ni?

- Johansson. De sade att jag heter Jo-hansson.

- Vem sade det?

- Två änglar i vitt. De gav mig en odöd-lighetsspruta, sade jag och log med hela ansiktet.

- Jaha, nu förstår jag varför ni är som ni är.

- Gör ni? Är ni också konstnär?

- Så ni är konstnär. Vad heter då en konstnär som ni?

- Pascal, Pascal de Merode, fröken Pippa Johansson. Har inte vi setts förut? Vallmo-

173

kloster kanske. I dimman så verkar ni bekant på något vis.

- Det tror jag inte. Jag tror att ni nu ska få sova ruset av er och så kör vi er hem när ni känner er bättre .. och så glömmer vi hela den här historien. Ska vi säga så. Filippa tryckte på en knapp som satt under skrivbordet och de två vårdarna kom in. Hon gav dem en ilsken blick och frågade dem vad det hade varit i sprutan. Något på latin, svarade Tödde och tittade på Mödde. Något på latin...

Och var i helv... fanns Charles Ingvar Johansson. Filippa Johansson suckade. Varför hade hon inte stannat kvar i Rio.

EN NY PRAKTIKANT

Tödde och Mödde satte mig i en rullstol. De körde mig genom en lång, mörk och tom korridor. När vi kom fram till en dörr där det stod: ENDAST PERSONAL. EJ TILL-TRÄDE FÖR OBEHÖRIGA, tryckte Mödde in en fyrsiffrig kod i en dosa på väggen. Dörren öppnade sig och Tödde rullade in mig i rummet.

- Här kan ni sitta och nyktra till. Eller så kan ni ta sängen där borta i hörnet som nattpersonalen använder. Vi kommer och tittar till er om en timme eller så, sade Tödde och så gick de och lämnade mig i vad som verkade vara ett personalrum.

Efter en liten tupplur i rullstolen kände jag verkligheten återvända. Vad gjorde jag här? Visst ja! Jag var ju här för att träffa Bellman. Men hur hittar jag honom? Inte här inne i alla fall. Här blir inga barn gjorda. Och måtte det så förbli. Jag reste mig upp på ostadiga ben och började gå runt i rummet så att blodcirkulationen skulle komma igång. Rummet såg ut att vara en kombination av personalmatsal och om-klädningsrum: Spis, bord och stolar, en säng och skåp för personalen att ha kläder i. Kyl och frys, ja t.o.m. en tvättmaskin fanns där.

Strupen kändes torr som sandpapper. Något att dricka hade varit gott och behöv-ligt. En öl kanske? Jag gick bort till kyl-skåpet, men där satt ett stort hänglås. Hänglås på ett kylskåp? Konstigt. Ett klädskåp med ett trasigt lås stod öppet, och en vit rock hängde inbjudande på en krok. På bröstfickan på rocken satt en plastbricka med namnet: PRAKTIKANT på. Den skulle komma mig väl tillpass på mitt sökande efter Bellman. Jag tog på mig den något för stora rocken och gick in i en ny identitet: Praktikant Merode. Med licens att utföra praktik. Som en äkta James Bond smög jag mig runt i rummet och hittade både penna och block som jag stoppade i rockfickan. En liten pennlampa smög sig också ner i fickan. Jag lämnade rummet med stora förväntningar på ett agentliv med erotik och ett möte med Dr. No.

Ute i korridoren rullade jag den tomma rullstolen, (den som jag hade suttit i) lite på måfå tills jag fick syn på en plansch som visade var man befann sig på våningen. NI ÄR HÄR! stod det vid ett rött kryss. Okej. Bra att veta. Men var fanns Bellman? På ett ställe stod det: REKREATION. Ett bra ställe att börja på, tänkte jag och tog min stol och gick.

Efter att ha gått vilse ett par gånger, kom jag så äntligen fram. Vid dörren till re-kreations-rummet stod en bastant dam, bredbent och med händerna i kors över brösten. Hon glodde ilsket på mig och undrade vad jag ville.

- Bellman. Jag letar efter Bellman, sade jag och tittade ner i golvet.

- Bellman? Här finns ingen Bellman. Hon tittade på min bricka och tillade: Herr praktikant.

- Nä visst. Inte heter han Bellman. Jag menar... jag söker... Johansson, sade jag och tog upp blocket och började bläddra, som om jag hade det uppskrivet.

- Johansson! Var enda dåre här heter Johansson. Vad heter han mer då, herr praktikant! Orden spottades ur Agdas mun. Ja, hon hette Agda, det stod så på hennes plastbricka som såg så liten ut där den satt på hennes enorma ...

- Jo, jag... vet inte riktigt, men jag vet hur han ser ut. Och Filippa vill prata med honom, sade jag och hoppades att namnet Filippa skulle göra intryck. Det gjorde det inte. Hon fnös och spottade i golvet; och med förakt i stämman kunde man höra något som lät som: Den trasan.

- Ja, gå in då, lille praktikant, sade hon och släppte förbi mig. Men jaga inte upp patienterna! Då blir det ett djävla liv. Och om det blir det så tar jag din lilla skitbricka och stoppar upp den i röva på dig. Är det förstått!

Jag nickade och hoppades att rullstolen inte skulle gnissla på min väg in bland vävstolar och stafflier. Undrar om Agda också heter Johansson.

Rummet var stort och med fönster längs ena långsidan som släppte in ljus. Vid ett bord satt en kvinna med grått, långt hår och lade puzzel. Vid ett annat bord satt två män och spelade Fia med knuff. Andra satt och virkade eller sydde. Vilsna personer i en vilsen värld. Jag kom att tänka på hur tunn gränsen mellan geni och dåre är. Och på dem som ska skilja på vad som är vad.

Hjälte eller dåre? ja, vad skiljer er åt? Kanske ordet: förlåt.

Tänk om genierna sitter här, och dårarna springer lösa i Riksdagshuset. Är man dåre för man ser världen i färger. Eller om man är grå och trist. Är världen bara en illusion? Hade Filippa hört mina tankar så hade hon säkert och med glädje spärrat in mig här också. Men Filippa Johansson stod själv i djupa tankar. Hon tänkte på en ny resa till Rio, där hon stod på damernas och kissade. Och den här gången skulle hon göra operationen. Hon hade allt för ofta glömt att fälla ner toalettsitsen.

Borta vid ett fönster stod en man och en kvinna vid ett staffli och gestikulerade. Kunde det vara Bellman ... och ... Anna-Tina Ekorre? Jag gick fram till dem och sade:

- Hej, Anna-Tina! Du kommer väl ihåg mig? Pascal, Pascal de Merode.

- Ja, dig glömmer man inte i första taget. Men hur kommer det sig att ... praktikant? Jobbar du här? Jag trodde ...

- Nä, det är en lång historia. Jag letar efter Bellman. Och här står han ... med dig.

-Bellman? Det här är min bror, Gustav. Jag kom hit för att se hur han mår. Han har varit på rymmen. Han ... han är lite ... vilse ... med vem han är. Nu tror han att han är ... du ... Pascal; tuttismens skapare, viskade Anna-Tina och nickade åt Gustavs håll. På en duk som stod på staffliet hade Gustav målat ett par jätte bröst som såg så realistiska ut att man ville gå fram och krama dem.

Gustav tittade på mig och min vita rock.

- Är det tid för min medicin? Herr praktikant. Lustigt namn ni har, herr praktikant. Själv heter jag Pascal, Pascal de Merode: Tuttismens skapare ...

Jag tittade fascinerat på tavlan. Brösten. Det såg ut som de skulle spränga ramarna.

- Men det här är ju fantastisk! Den här mannen ... dåren ... är ett geni! Han måste följa med mig till min atelje! Vi ska skapa mästerverk tillsammans. Vi måste åka med en gång. Vi kan ...

Tödde och Mödde hade kommit in i rummet.

- Du, Mödde! Nu står den där Pascal borta vid staffliet och pratar för sig själv igen, sade Tödde och pekade.

– Ja han står väl och pratar med sig själv om alla äventyr han har varit på.

***

TACK!

Ett stort tack går till: livet, som mig på sina axlar bär, så att jag kan sitta och skriva detta här. Till biblioteken. Till det fria ordet. Till konsten och musiken. Till vänner som bryr sig. Till mor och mina syskon och deras familjer. Till nära o kära.till mina Gudbarn: Elinor, Elsa och Johannes

Och ett stort tack till: Pascal de Merode och Krösus Vramberg. Utan dem hade det inte blivit vad det blev.

Helsingborg den 27/12- 2015

Robert Vaszi

***

Detta är ett fiktivt verk. Personer, platser, företag, händelser och allt annat i berättelsen är resultatet av författarens fantasi.

Alla likheter med verkliga personer, levande som döda, eller verkliga händelser är en ren tillfällighet.

mer INFO om Författaren Robert
Vaszi: finns på :

web.comhem.se/vap.artgate

Mejl: vap@comhem.se